朧月書版

朧月書版

時而輕啄 時而深吻

Let me kiss you again

Author 柳孝真

Illust 飄緹亞

Contents

時而輕啄，時而深吻 | 目錄 |

Let me kiss you again

「吻」，這個字。

以客觀的角度解釋，是形容兩個人唇瓣相觸，純粹簡單的舉動。

雖然是如此單純的行爲，不過吻帶有的深遠意義，已經牢牢地扎進了人類的基因中。

吻，不僅帶給接吻的雙方浪漫與激情，也將戀人彼此的味道，刻骨銘心地，刻進對方的記憶裡……

當葉堇薰猶如雕刻藝品般高挺的鼻梁，逐漸靠近杜析杓細緻的臉頰時，杜析杓清楚地感覺到對方溫潤的鼻息拂上自己嘴唇的瞬間。

他就要吻上自己了。

杜析杓緊閉雙眼，不自覺地中斷呼吸，淨白圓潤的顴骨隱約透出兩朵淡淡的緋紅。就在杜析杓以為自己即將缺氧而亡的時候，葉堇薰清澈爽朗的嗓音在他耳邊響起：

「杜析杓，我看見你的乳頭了喔。」

「咦！」

聽到這句話，杜析杓頓時睜大了眼，身軀一下子繃緊。

「你的制服釦子扣錯了，你一整天都沒發現嗎？站在你旁邊的人只要轉頭，就能看見你粉紅色的乳頭嘍！」

葉堇薰兩手特意比出引號，開玩笑地拋了個媚眼。

杜析杓緊張地低頭一看，釦子果眞錯位了一格。他慌張地摀住胸口，整張臉滾燙起來，一頭深墨的黑髮顯得他臉紅得更離譜。

「不要開這種低級的玩笑！！還有，沒有人的乳頭是粉紅色的。」

「哈哈哈哈，生氣啦？我好心跟你說耶。」

葉堇薰撥了撥褐色的瀏海，牽起迷人的嘴角。

午後的陽光熠熠，點綴在他深邃的五官上，使他的笑容增添幾分成熟的魅力，叫人難以移開視線。

「用普通的方式告訴我可以了！」

天啊！眞是尷尬死了。

他還以爲他要親自己。

杜析杓平眉緊皺，急忙背過身調整釦子。或許是因爲害羞的關係，一雙手抖得不停，鈕釦遲遲扣不上。

見對方驚慌得像隻可憐的小狗狗，葉堇薰忍不住低聲哼笑。

「笑什麼？有那麼好笑嗎？你都不會扣錯喔？」

可惡，笑！還笑！杜析杓嘴上逞強，肢體依然不聽使喚，手忙腳亂好一陣子，還沒見到一顆釦子扣好。

「好啦、好啦，爲了表示歉意，我幫你吧。」

葉堇薰一邊說，逕自張開雙臂，由後方環上杜析杓削瘦的肩背。修長的手指拎住他胸前的鈕釦，動作細心地替他扣上。

雙手隨著排釦下移，葉堇薰的手腕若有若無地，輕擦過杜析杓胸口最敏感羞澀的部位。

柔和似絮的觸碰，不單讓杜析杓渾身一陣酥麻，葉堇薰呼出的氣息也像羽毛般不斷刮搔他的耳廓及側頸，令人心猿意馬。

「會被人看見啦！我、我自己來就好！」杜析杓倉促地轉過身，用手肘推開葉堇薰。

「有什麼關係，都放學了，教室裡也只剩下你跟我而已。」

誰知葉堇薰的話音剛落，幾名學生的喧嘩聲立刻從一旁的樓梯口傳來，迴盪在原本寂靜無人的走廊。聽見來者的腳步聲越靠越近，杜析杓忍不住瞪了葉堇薰一眼。

「看吧，就說學校還有人，要是被看見怎麼辦？」杜析杓難為情地說。

「意思是不被看見就可以嘍？」

「你想幹嘛？」

葉堇薰笑而不答。

此時，微涼的秋風吹起，幾枚白桐花瓣乘風散落教室，窗簾也隨之飄揚，隔絕了他們與廊外經過的學生。

兩人的身影被窗簾遮擋的這一秒，葉堇薰伸手捧住杜析杓的後腦，並在杜析杓的唇上輕柔地點上一吻。

杜析杓霎時怔住，腦袋當機空白。就在他還沒能從震驚的情緒中反應過來時，葉堇薰勾出一抹微笑問道：

「析杓，跟我交往吧？」

葉堇薰鬆開手，眷戀的指尖緩緩滑過杜析杓蓬鬆細柔的髮絲。

杜析杓傻住了。他沒想到自己的初吻會是在毫無防備的情況下，被好友接收！

縱使他早已在腦海裡幻想過無數次自己與葉堇薰接吻的情境，但當幻想眞實發生時，仍讓杜析杓措手不及……

而且，葉堇薰問他什麼啊？

他們是朋友。即便杜析杓內心懷著對葉堇薰的戀慕之情，他們也只能是朋友。

一直以來，杜析杓都十分小心地拿捏著友情與傾慕的界線。然而，這個恐怖的平衡，在他的唇疊上來的瞬間驟然錯亂，驚慌與心動交織出複雜的情緒，怦跳的心臟悄然越界。

他不敢相信，自己單向的戀情有一天會有雙向的可能……

「交往?你、你問我嗎？」杜析杓斷線地歪著頭，語氣徬徨結巴。

「不然你不叫杜析杓？」葉堇薰挑眉反問。

「嗯，我……我是啊。」

杜析杓愣愣地點頭，扣釦子的手不自覺停止了動作。

葉堇薰望著眼前有些呆然的人，笑著接過他的襯衫下襬，爲他繫上最後一顆釦子。隨後再次抬頭，琥珀色的眼眸蘊含著動人心魂的曖昧問：

「那回答呢？」

第一章

砰、磅、碰、咚——

「哎喲！我的媽啊！」

一陣巨響及悽慘的哀嚎取代了杜析杓的回答。

夢幻唯美的告白畫面消失，替換到眼前的，是整間房間上下顛倒的景象，以及一隻貓居高臨下的不屑大臉。

「早啊！邱比特先生……嘶——嘴巴、痛痛痛痛——」

杜析杓用倒栽蔥的姿勢跟愛貓打招呼，剛說完，一股鹹味在口腔中急速擴散，他扶住床，吃力地由地上爬起來。

「呃啊！居然咬破這麼大洞！都是那個姓葉的，要不是夢到他，我也不會這樣……天啊，痛痛痛……衛生紙、衛生紙。」

他走到換衣鏡前，看著鏡中一頭亂髮、狼狽的自己，伸出舌頭，檢視摔下床時不小心咬到的傷口，兩道眉毛逐漸打成結。

鮮血不斷從舌尖冒出，感覺死鹹的味道越來越濃，杜析杓急忙抽了幾張衛生紙胡亂塞進嘴裡。過了一會兒，等血稍微止住了，才戰戰兢兢地抽出染紅的衛生紙團。

慘，真慘。但還好傷口不深，否則他將成為近代史上咬舌自盡的第一人。以這種方式名留青史未免太可悲了。

正當杜析杓對自己的遭遇不勝唏噓時，沙發上傳來嘟嚕嚕的手機鈴聲，螢幕顯示：蕾米吉甜點店。

杜析杓看到，立刻按下通話鍵。

『喂，小杓？』

電話接通，另一頭立刻傳來一道不安的女性嗓音。

「筱言姊？怎麼了？」杜析杓弱聲詢問，害怕會拉扯到傷口。

『那個，小杓，是這樣的……今天工讀生臨時請假，偏偏阿章又忘記有雜誌要過來採訪，所以現在店裡人手不夠……我知道蠻突然的，但不知道你有沒有空來幫忙呢？』

「沒問題呀，我現在過去。」杜析杓點點頭，爽快答應。

『真的嗎？太好了，得救了！』

蕾米吉甜點店是杜析杓過去打工的地方。老闆娘筱言和甜點師的先生阿章，共同在市區經營老饕才知道的隱藏甜點店。

夫婦倆對懷有甜點師之夢的杜析杓十分照顧，對獨生子的杜析杓而言，阿章哥與筱言姊也像哥哥姊姊般的存在。也因為這段緣分，即便杜析杓出社會，成了朝九晚五的上班族，只要店裡需要人手，他總是會自告奮勇，衝去救火。

『小杓抱歉喔，這麼臨時，今天是星期六的說……』筱言語帶歉疚。

「不會啦，反正今晚我也有一場會議，都是要出門的。」杜析杓聳聳肩，提及自己的行程，希望筱言別在意。

『晚上？設計事務所怎麼在假日晚上還要加班？』

「沒沒沒，是剛好客戶只有今晚有時間。」

『原來是這樣啊……那麻煩你幫忙到阿章結束採訪就好了，可以嗎？』

「當然，等我喔。我一小時到。」

掛上電話，杜析杓摸了摸愛貓邱比特，並替牠補上新的乾糧和清水，接著迅速洗漱換衣服。他一邊刷牙一邊收拾掉落在地板的被單，腦中不由得想起剛剛的夢境。

那該死的初吻回憶。

他的初吻對象葉董薰簡直是人生勝利組，他不僅身高超過一百八十公分，連智商也高得不像話。

葉董薰在高中時轉學到班上，是學校創校以來首位轉學考滿分的學生，可謂人未到先出名。

如此一個大家以為的書呆子，在轉學當日，竟頂著韓團般的顏值踏進教室。可想而知全班女孩都暴動了，尖叫聲堪比演唱會。連隔壁棟的女生下課都會跑來圍觀，他們教室活脫脫變成了觀賞籠。

於是，這位樣貌驚為天人的轉學男孩，入學第一天就成了轟動全校的校草。

「討厭……怎麼會夢到那個令人忌妒的傢伙啊，明明過那麼久……夢到他就算了，還是夢到初吻的時候……」

杜析枸忍不住碎碎念，滿腦子都是夢裡葉堇薰那討人厭的爽朗微笑。

他很久……沒有想起這個人了……

杜析枸順手扭開漱口水，望著浴室鏡中的倒影發起呆來。

即使因為飽經社會荼毒而有些黑眼圈，可自己前輩子應該算得上是樂善好施之人，所以這一世沒長得歪七扭八，在一票人中也可謂相貌端正。不過與葉堇薰擺在一起，自己頓時像尊破銅爛鐵。

噢，NONONO，不只自己，是每個人在葉堇薰身邊都會淪為破銅爛鐵。

想到這裡，杜析枸吐了口牙膏泡，深深感嘆上天造人不公。

上帝在製造葉堇薰的時候，似乎忘記替他添加缺點。

……不過誰能想到，他之後會與葉堇薰那種近乎完美的人變成朋友，最後對方居然還說喜歡自己、還親了自己。

這種事若說出去，估計別人只會認為他莫名其妙，同情他妄想症病得不輕。

然而這一切並非妄想。

高一的初夏，他與他相識。

高二那年的秋日，他與他相戀。

雖然在高三的春天，他與他，終歸沒緣分相愛……但這一切都是真的，真真切切，彷彿昨日一樣。

倘若，沒有發生那件事，那自己現在……還會喜歡他嗎？

杜析枃不知道。

假設沒有發生那件事，他們的感情是否也會像身邊的許多班對、情侶那樣，因時間而消磨殆盡呢？

他手指顫抖著撫摸自己的嘴角，唇上似乎仍殘留著夢裡那個人溫軟的觸感，杜析枃靈氣的眼眸黯然，思索著，又陷入另一波回憶。

他盯著鏡中自己的唇好一會兒，直到發現自己視線停留的位置，腦袋才豁然回神。

「呃啊啊啊啊——天啊！！」

杜析枃抓著頭髮大聲慘叫。

聽見奴才一大早就發瘋，邱比特只是抬了抬眼皮，藐視地朝浴室方向瞥了一眼，繼續閉目養神。

「我在做什麼？杜析枃，你幹嘛對前男友的吻戀戀不忘啊！呸、我呸呸呸呸呸呸——啊痛痛痛！」

浴室裡的奴才正指著鏡子裡的自己破口大罵。

杜析杓將整張臉埋進洗臉盆，不斷瘋狂漱口，恨不得洗掉那該死的接吻觸感。誰知道吐漱口水的動作太過激動，他又不小心咬到舌頭，惹得他哀聲連連。

痛痛痛痛痛痛痛……

可惡，都說夢見初戀沒好事，果然一大早就衰。

還衰兩次！！

◆

「哇哈哈！你睡到摔下床，還咬到舌頭兩次？哈哈哈！」

蕾米吉甜點店裡，阿章聽說杜析杓的悽慘遭遇，整個人笑得東倒西歪。

「阿章，你笑得太誇張啦！」

筱言鼓著腮幫子，拍打笑到不成人形的先生。

「我、哈哈哈、我也不知道為什麼……哈哈，這有刺中我的笑點。」阿章一邊說，一邊擦去眼角的眼淚。

「阿章哥很過分耶，一點同情心都沒有，小心我直接走人喔。」

杜析杓掃了一眼窗外排隊的人龍，作勢脫掉圍裙威脅道。

「嘿，等等，小杓，我錯了，拜託你留下來，不然筱言今天會忙死的，拜託啦～」

聽到能以一個打十個的杜析杓要離開，阿章立刻衝到他背後，又是按摩又是倒茶，對杜析杓猛獻殷勤。

「好吧！看在你積極道歉的份上，我就負傷工作，勉強幫你這次吧！」

杜析杓故作消氣，假裝應和阿章的誇張演出，逗得一旁的筱言眉開眼笑。

「耶～筱言～小杓答應今天都當妳的奴隸喔，任妳使喚～」

見到杜析杓氣消了，阿章馬上向老婆大人邀功。

「我沒有答應那種事，不要亂曲解原意。」

「啊哈哈哈哈！筱言～你看小杓好凶喔。」

體格健壯的阿章躲在嬌弱的筱言背後，假裝無辜地瑟瑟發抖。愛耍寶的性情與他一臉落腮鬍、威武的外貌不成正比。

「呵呵，真是的，你再鬧下去真的會把小杓氣走啦。」筱言朝阿章的額頭劈了記愛的手刀。

「小杓走就算了，妳會丟下我嗎？」阿章露出可憐無比的眼神。

「傻阿章，問這什麼笨問題，我怎麼可能丟下你不管呢。」

「噢哇！老婆！我最愛妳了～」

眼看這對濃情蜜意的夫妻又在上演古早的戀愛情節，杜析杓眼神死，立刻飄離現場，轉進烘焙室開始著手工作。

烘焙室內明亮整潔，空氣中瀰漫著淡淡的麵粉香，烤盤架上放著一層一層剛出爐，精緻可口的甜點。

千層派、蘋果塔、蒙布朗、閃電泡芙、歐培拉巧克力……琳琅滿目的十幾種甜品，每一款都讓人食指大動，再配上一杯香醇的奶茶或熱呼呼的花果茶，就更完美了。

杜析杓看著美食，沉浸在各色口感的味蕾當中。

他兩手消毒後套上手套，手腳俐落地拿出托盤，將烤盤中的甜點整齊地放到蕾絲滾邊的甜品底板上。

阿章哥與筱言姊這對活寶誇張灑糖的相處模式，每每都讓旁觀的杜析杓好氣又好笑之外，他對夫妻倆更多的，是感謝之情。

從小就愛做點心的杜析杓，高中畢業後為了一圓甜點師的夢想，放棄進入大學，毅然決然遠赴法國習藝追夢。

然而，老天總愛開玩笑。

雖說杜析杓的學科成績不錯，也因為長期熟做點心的關係，各式甜品、麵包都得心應手，但考試時總會在實作環節出意外，以至於留學多年，他始終沒有取得甜點師執照。

家人的態度也從一開始的支持、加油，逐漸轉為失望，最後催著杜析杓快點回國另尋發展。無奈之下，杜析杓只好收拾行李打包回府，結束近四年的追夢之旅。

回國後杜析杓到處找工作，不過他雖有留學經驗，但是沒有大學文憑，以至於求職上處處碰壁，連一些西點廚房的二手、三手職缺，都因顧慮杜析杓留學卻無果的經歷而不敢聘用他。種種挫折使杜析杓漸漸不敢妄想成為甜點師……

當他一次次失敗、心灰意冷時，偶然在巷弄中發現這間擁有溫暖光暈的蕾米吉甜點店，而阿章正站在櫥窗前貼上招募櫃臺夥伴的小紙條。

杜析杓沒多思考，立刻登門應徵。

話說工作這檔事來得早，不如來得巧，阿章與筱言對杜析杓可謂一見如故。就這樣，杜析杓順利在蕾米吉待了下來。

他也是在這裡，找到了再出發的道路——甜點包裝設計師。

此時牆上的鬧鈴響起，提醒離開店還剩十五分鐘。

杜析杓看了眼烤盤裡的蘋果塔，不禁加快手邊的速度。

筱言在這時走進烘焙室，掛上圍裙，加入準備上架的行列：「小杓，抱歉啊，讓你先開始忙了。阿章每次盧起來就很難打發呢！」

「那他這次怎麼這麼快就放棄了？」

看筱言嘴上叨唸，卻滿臉甜蜜，杜析杓笑了笑問，手上的工作一點也沒停。

「雜誌採訪的人來了，他只好放棄啦。」筱言語調輕快地回答。忽然，她頓了頓，抬頭看向杜析杓提議，「哎呀！說到這點，小杓，你要不要一起接受採訪？」

「嗯？為什麼？」

聞言，杜析杓一臉疑惑。

「因為這次能獲得媒體採訪，都是小杓你的功勞啊。沒有你的幫忙，也不會有這麼多人幫忙宣傳。」筱言拿起鋪在托盤上的甜品底板，看著底板上的字，喜孜孜地接著說：「我好喜歡你這次的點子，這些愛情金句你都是去哪裡找的啊？」

「就網路上蒐集的，或是朋友說過的話，再稍微改寫一下而已。」

「發想也太妙了。譬如這句：『愛情不是互補缺口，而是願意完整對方。』還有這句，『戀愛使人滋潤，如果覺得自己變醜了，就請對方立刻滾！』說得真好。」

筱言忍不住又補了句稱讚。

沒有錯。這些印在甜品底板上的愛情小金句，正是此次杜析杓的包裝巧思。

雖然放棄甜點師的夢，可杜析杓對甜品的熱誠可是一丁點都沒減少，既然無緣成為甜點師，那從事跟甜點相關的職業感覺也不賴。因此他重獲人生目標，進入大學夜校的設計系，畢業後進入了不錯的設計事務所，專門接洽有關食品甜點包裝的案子，並將甜點的熱誠轉化到包裝設計上。

他對甜品美食獨到的點子，都接連博得了客戶的讚揚。而他工作之餘，都會來蕾米吉幫忙、串門子。

每次踏進蕾米吉，杜析杓就像是回到老家，感到溫暖又安心。

在那之後，蕾米吉店裡的點心包裝都由他一手包辦。不過，這次杜析杓沒有改變舊有的提盒包裝，反倒在甜品底板上花心思。

他精心構思，蒐集了上百句愛情語錄，用可食顏料印在底板上。客人必須吃完甜點，才能看見這次得到哪句情感箴言，有點幸運餅乾的意味。

這些句子風格迥異，有優美如詩的、大膽直言的或是搞笑無俚頭的，不管哪種文風，總能戳中戀愛中的女孩。

驚喜的是，有不少女孩吃完甜點後，上社群分享自己收穫的愛情語錄，並述說接下來的感情際遇。有人成功在一起、有人灑脫揮別單戀、有人鼓起勇氣休了渣男。於是在這股風潮下，單純的愛請語錄構思逐漸演變成網路相傳的愛情魔法，形成女孩們搶購的潮流。

這幾個星期來，蕾米吉的買氣節節上升，每日還未到開店時間，店門口就已經大排長龍。

愛情加上甜點，真是奪人錢財的最佳武器。

聽見筱言的讚美，杜析杓不好意思地道：

「什麼功勞，這又沒什麼。話說包裝得再好，若東西不好吃也紅不起來。而且要是我也去受訪，那店裡不就回到人手不夠的狀態了嗎？這樣就失去我來幫忙的意義了，妳說是吧？」

「也是喔。」筱言恍然大悟，「小杓你真的長大很多，越來越懂事了。」

「我倒覺得我是被公司摧殘到不得不懂事。」杜析杓自嘲了一下自己的社畜人生。

「啊對了！那個設計費……」

「筱言姊，就跟妳說不用了。」

「可是我們很不好意思，每次你都沒拿，這次賺比較多，你也該分紅啊。」

「哪有什麼不好意思，還分紅呢。」杜析杓大笑幾聲，努了努下巴，往打卡鐘一指，「以前我在這裡打工的時候，妳跟阿章哥也偷偷幫了我不少啊，這次就當作我報恩吧！」

「嗯？偷偷……」筱言先是驚訝，然後欣慰地點頭，「好吧，那我就口頭謝謝你啦。」

「這樣就夠了。」杜析杓微微一笑。

看到杜析杓的明示，筱言內心感動不已。

那年，徵人字條貼出去不到一分鐘，眼前這位連簡歷都沒有的青年就上門來應徵。

雖說有點突兀，但在小小聊過後，她與先生都對這位禮貌、乾淨、有些許靦腆的青年很有好感，加上知曉杜析杓的經歷及一手製作甜點的好手藝後，他們夫妻二話不說，立即錄用。

爾後與之共事一段時間，夫妻倆覺得和他越來越投緣，因此當杜析杓告知他們決定要重返校園，必須縮減排班時，他們夫婦仍私下替杜析杓加了時數，默默支持這個認真的孩子好不容易尋得的夢想。

沒想到杜析杓竟然發現了，並一直記在心上。

「你喔～就嘴甜。」

筱言備感欣慰地笑了。

「哈哈，因為我的嘴是專門吃甜點的，當然甜嘍！而且我也不是沒有收穫，這次藍法甜時也注意到蛋糕底板的金句設計，指名要我替他們發想新款的包裝喔。我等等晚上就是要跟他們法國的高層開會。」

「哇！藍法找你？你沒騙我吧？」聽見這番話，筱言忍不住驚呼。

「百分之一億不騙。」

甜點界的時尚經典品牌：藍法甜時，喜愛甜品的人必知的甜點名店。

總店在上個世紀於巴黎創立，以經典的薄餅千層蛋糕起家，和普通偏甜的口感不同，藍法甜時的千層蛋糕味道清新不膩，一推出就立即征服大眾的味蕾。

多年來，藍法與時代共進，秉持著高品質食材、頂尖職人手做，不斷研發創新甜品，在國際間樹立起良好的口碑。前年進軍亞洲來台開設分店，更創下首賣當日銷售破千的業績。

如此大規模的品牌，居然指名杜析杓設計包裝，這是何等大事。知道這項好消息，筱言打從心底高興並與有榮焉。

「這機會太夢幻了～小杓恭喜你。」筱言雀躍地直跺腳。

「所以啊，老闆娘，我們是不是該準備開店，然後趕快賣完，趕快放我走？」

「對喔對喔，都到這個時間了。」

筱言看著時鐘指針，再幾分鐘就到開店時間了。

兩人默契相同地加快了速度，將裝滿各式甜品的托盤擺進潔白的展示櫥窗。

整點鐘聲一響，蕾米吉準時開張！

不到十坪的甜點鋪開店後客人絡繹不絕，連戶外座位區也空無虛席。

或許是見到有人採訪，一些原本無意停留的路人也起了瞎買瞎吃的興致，人潮蜂擁，連以一擋百的杜析杓都分身乏術。

忙了整個下午，時間像快轉似的，一轉眼就傍晚了。臨近晚餐時段，買甜點的客人減少許多，暈頭轉向的三人終於有空檔喘口氣。

「呼！今天怎麼會這麼忙……」

阿章癱掛在內用區的高腳椅上氣喘吁吁，今天客人大爆滿，連平時負責內場的他都要到前臺幫忙招呼。

「就是啊，客人比平時多了兩三成呢。連最有人氣的水果派都多做了好幾盤，也賣到只剩兩塊。」

杜析杓望著幾乎空蕩蕩的櫥窗，開心地笑了。忙到累死，比閒到發慌令人開心，尤其是看見客人咬了一口，露出好吃的表情時，杜析杓覺得再累都值得。

這款水果派可是蕾米吉的招牌品項，有別於一般甜派常有的甜膩，阿章哥做的水果派中多了點淡鹹的滋味，甜鹹甜鹹的口感讓人吃一口便欲罷不能。

就在這休息的時刻，杜析枸口袋裡的手機嗡嗡震動起來。他掏出來一看，是老爸老媽傳來的自拍照。

「唉……他們幹嘛不停傳這種照片給我啦，真是。」

「怎麼了？」阿章順口一問。

「我爸媽啦，你看！」

阿章與筱言好奇地湊過去，見到手機中的杜爸杜媽親親抱抱、瘋狂秀恩愛的照片串。

原來杜析枸的爸媽都在國小任教，去年底退休後兩老便展開二度蜜月之旅，周遊列國，到處觀光吃美食，並時不時傳放閃照給兒子。

「嘿嘿嘿～小枸～看樣子，你爸媽這趟蜜月回來，你就要有弟弟妹妹嘍。」阿章摀著嘴，擺出竊喜的表情說。

「如果有的話我是不排斥啦，在這生育率低下的時代，國家需要他們。」杜析枸暗自嘖了聲。

怎麼自己的周圍老是圍著放閃放不膩的人啊？

不過他抱怨歸抱怨，還是孝順地為每張照片回覆觀後心得。

「爸爸媽媽他們去哪國啊？背景的室內裝潢很美耶。」

「他們這趟很看心情，沒有特定路線，我也不知道他們現在在哪裡，反正就在歐洲的某間博物館吧。」杜析筠一邊說，一邊滑著充滿濃厚歐式風情的照片串。

「哇！這張好漂亮！」突然身旁的筱言驚呼一聲。

「哪張？」

杜析筠滿頭問號，他看來看去，只看到兩老要嘛沒對焦，要嘛眼睛半閉的相片。至於漂亮嘛……這還真不好說。

「上面上面，對對對，這張，背景有座很漂亮的雕像這張！」筱言的手指比劃著，指出其中一張照片。

雕像？

搞了半天，原來是雕像漂亮。

視線沿著手指看去，杜析筠低頭細看。那是一張爸媽站在一座大理石的雙人雕像前的自拍。礙於角度關係，雕像有半身未入鏡，因此杜析筠起先並未留意。

然而這一細看，卻讓杜析筠不自覺地一陣輕顫。

一抹熟悉又模糊的人影乍然湧上心口。

悄悄地，杜析筠的眼瞼黯然垂下……

這是他今天第二次想起這個人。

「雖然被裁掉了一點，但是這雕像很特別耶。這女生的頭髮是變成了葉子嗎？」

「好像真的是葉子耶，老婆真是心思細膩，看那大理石這麼硬，以前的人到底是怎麼雕出這麼細緻的葉片啊？」

身旁的筱言和阿章目不轉睛地看著照片頻頻發問，貌似很感興趣的樣子。兩人一言一句討論起來，講了一會兒，旁邊沉默的杜析杓才緩緩開口：

「這尊雕像刻的是阿波羅與達芙妮。」

「阿波羅與達芙妮？」

「我知道阿波羅，他就是太陽神對吧？」筱言雀躍搶答。

「嗯。」

杜析杓輕輕點頭。

太陽神阿波羅，是十二神中外貌最出眾的男神，掌管藝術與競技的光明之神。而他戀慕著河神的女兒，達芙妮。

不料有一天，調皮的愛神邱比特在玩鬧下，將象徵愛情的金之箭射向阿波羅，接著又將代表分離的鉛之箭射向達芙妮。

因此，阿波羅不斷追逐達芙妮，向她示愛；而達芙妮因為中了鉛之箭的關係，對愛情萬念俱灰，所以不停逃離阿波羅。最後不得已，河神只好將自己的女兒變成一顆樹，來躲避阿波羅的追求。

這段神話故事的片段輾轉流傳，帶給眾多藝術家源源不絕的靈感。照片中的阿波羅與達芙妮雕像，就是將達芙妮變成月桂樹的瞬間雕刻出來。

只見雕像中的達芙妮髮絲與指尖末端生出枝葉，身段柔軟，栩栩如生宛若真人，似乎隨時都會動起來。

「不錯嘛！小杓。我以為你是甜點狂，沒想到對藝術也有了解啊？」阿章稱讚道。

「只是剛好高中時做過這尊雕像的美術報告。」杜析杓聳聳肩。

「能記到現在也不簡單耶。」

「那還用說，小杓頭腦超好的。」筱言用肩膀驕傲地撞了一下阿章，接著問，「是說小杓，你晚上的會議是幾點啊？」

「會議？」

聞言，杜析杓原先還沒反應過來，幾秒後他像觸電一樣，猛然跳起來，「對喔！我忙到都忘了！我晚上要開會！」

與藍法甜時的會議！

他忘得一乾二淨。

「等等，我煮碗麵給你吃，吃飽再去。」阿章看杜析杓緊張的樣子也立刻起身。

「不不，不用了，阿章哥謝了，我快來不及了，下次吧！」

杜析杓七手八腳地脫掉圍裙，抓起包包就要衝出店門。

筱言卻在這時叫住杜析杓，遞給他一塊人氣爆紅的水果派，作為打氣獎勵。

「這不是剩兩塊而已嗎？妳留著賣啦！」

「就是因為只剩兩塊才要給你啊，你不是最愛這口味嗎？這季沒吃到，要等明年嘍！拿去墊墊胃吧，會議加油喔。」

「嗯。」

杜析杓不再推辭，開心地向店內揮了揮手，轉身跑向捷運站。

就在他奔離店門口之際，恰巧與一台黑色轎車擦身而過，不過杜析杓滿腦子都是會議的事，沒察覺到從車上下來的男人以一雙澄澈的琥珀色眼珠直勾著自己。

男人默默遠望著杜析杓離去的方向，過了好幾秒，才推門進甜點店。

「您好！歡迎光臨。今天想吃什麼甜點呢？」聽見店門鈴響，筱言從烘焙室走出來，有朝氣地打招呼。

男人背脊直挺，一襲雙排釦的瓦藍色西裝剪裁合宜，襯托出他堅實的體態。修長的身形搭配一雙霧亮的黑皮靴，散發出沉穩斯文的氣息。而他俊朗的五官更讓在店內用餐的女孩驚嘆得不敢呼吸，幾十隻眼睛緊緊揪著宛如雕像的男人。

只見男人撥了撥褐色的瀏海，向筱言微微頷首。

他又來了。

這個男人從幾個月前第一次來到蕾米吉後，幾乎每個星期都會光顧。但有趣的是，他總是會對著櫥窗猶豫很久，直到筱言開口介紹，他才會買下筱言推薦的甜點。

今日男人一如既往，一進店裡就盯著櫥窗中的甜品沉思，猶豫了好一會兒，貌似無法決定。

正當筱言想向他推薦時，男人卻伸出手指，比了比剛才杜析枃離開的方向說：

「跟剛剛那位一樣的。」

「剛剛那位？」筱言看見對方手指的方位，隨即意會到男人所說的是杜析枃，「喔！好的，沒問題。客人您真幸運，這款水果派，本季只剩最後一塊了。」

聽見是最後一塊，男人平淡的唇角彎起一抹淺淺的弧度。

「來，您的發票和派。」筱言說。

「謝謝。」

接過水果派，男人露出微笑，禮貌回應。其聲線穩重深沉，現場女孩們的心臟頓時又迎來一陣暴擊。

看著人推門出去的背影，筱言陷入沉思。

「老婆……妳不可以出軌喔……」

忽然一道可憐兮兮的哭聲從烘焙室的門縫冒出來。筱言聞聲轉頭，便看見阿章傷心地窩在後頭。

「什麼出軌？你別亂說！」筱言嬌斥。

「可是、可是，可是妳一直在看小鮮肉……他都走出去那麼久了，妳還一直看……妳是不是要拋棄我了？」阿章控訴老婆的眼睛黏著鮮肉不放，語氣裡盡是委屈。

「哎呦～不是啦！我是覺得那個人今天竟然自己點單了，很意外而已。」

「妳這理由就是藉口。」阿章誇張地嘟嘴。

「你再這樣說我要生氣嘍！而且要拋棄你，我早就拋棄了，誰還跟你開店奮鬥到現在啊？」

「嗯哼～我就知道，老婆最好了～不要生氣啦。」

「那你不可以隨便吃醋喔～」

筱言勾住阿章的手，開始你儂我儂起來。不過她總覺得，那個男人今天買甜點的表情特別溫柔。

◆

杜析杓手刀在巷弄中衝刺，一路狂奔向捷運口，上氣不接下氣，累得滿頭大汗。

九月的夏末初秋，太陽不似前些日子毒辣，空氣中仍充滿令人煩躁的黏膩水氣。

「呼、呼、還有四十分鐘，很好。」

杜析杓看了看手錶，對自己的腳程頗得意。

正當他跨下階梯準備進站，眼前突然感到一陣目眩，差點站不穩。這時他才發現，自己趕著到蕾米吉幫忙，一整天都沒吃東西。

「不行……太暈了……」

想來是忙碌了一下午，又跑了好大一段路，導致血糖降低。杜析杓心裡暗想，及時煞住腳步，靠在牆邊稍作休息。

幾分鐘後，察覺到暈眩的狀況不見起色，杜析杓心不甘情不願地打開餐盒，拿出水果派。

他本來打算等開會完回家再慢慢品嘗的，但頭實在昏得很，眼看時間要來不及了，杜析杓只好豪邁地坐在出口樓梯上，大快朵頤起來。

糊滿剔透糖漿的水果派外皮酥脆，內餡更是入口即化，是身心最佳的療癒良藥。果然才吃幾口，杜析杓整個人就像回了血一樣，不僅頭不再暈眩，全身力氣一下子都加成回來。他依依不捨地吞下最後一口，順道舔了舔手指。

完食後，杜析杓拍拍屁股，收拾垃圾準備繼續趕路，餘光卻瞄見手上的水果派底板有一絲異樣。

底板上的愛情金言都是杜析杓一句一句蒐集、一字一字校對的，他對這些句子再熟悉不過了，可是，手中這張底紙上的金句，他卻從沒見過。

杜析杓站在垃圾桶前，好奇地端詳起來。

「這什麼啊？**『思慕的月桂皇冠加冕於你』**，嗯？」

唸著詩情畫意的句子，杜析杓搔了搔腦袋，左思右想，就是想不出個所以然。

「奇怪？我有寫這句話嗎？算了……回家再查一下檔案好了。」

思索半天，杜析杓始終沒頭緒，又看到這個句子也算跟愛情有點關係，應該沒大礙。他索性先不執著，趕赴會議要緊。

他仔細把甜品底板用衛生紙包好，夾進資料袋中。他滿腦子都是自己可能誤植金句的失誤，卻沒留意到底紙上的句子，正透著一絲微弱的奇異光芒。

就在他扣上背包之時，手機發出刺耳的鳴響。

他還未看清楚是什麼警報通知，緊接著，杜析杓的腳底便感受到一陣沉悶又劇烈的晃動，霎時間，整座空間天搖地動，震度之大，讓路人紛紛驚嚇出聲。

驚心動魄的震盪後緊跟著幾波餘震，捷運裡警鈴大作，列車也紛紛停靠，閘口全開，乘客們湧出車廂，瘋狂地往地面逃竄。大量人潮將站口擠得水洩不通，杜析杓也夾在這波人群中，被人流運回馬路上。

雙腿再度踏到實地時，杜析杓心有餘悸。

不知該喜還是該憂？

喜的是，幸好自己貪吃了幾口派，沒趕上捷運，否則地震當下，他應該在車廂中嚇到心臟病而亡。

憂的是，他註定趕不上會議了！

與此同時，藍法甜食的會議室裡每個人都臉色鐵青，猶如大難臨頭。

為了配合法國方便開會的時間，一票員工只能在星期六晚間出勤，誰知道卻遇到了地震，好幾人無法準時趕來，引起法國總公司的不滿。

更慘的是，他們準備在會議上提供給設計師觀摩、試吃的糕點，也在地震中報銷了。

『堇薰，因為地震的關係，送貨的助理說甜點被人潮擠翻了，你能去店鋪一趟，拿新的過來嗎？』

楊子默咬著菸，鬆了鬆頸間的領帶，無奈地詢問電話裡的人。

「我已經快到公司了，而且現在這個時段本來就會塞車，加上剛剛地震……要掉頭不太可能。」

即便葉堇薰表達得委婉，但看到對向道路那無盡的車陣，要迴轉根本是天方夜譚。

地震導致捷運停駛，大批乘客只得轉乘其他交通工具，路上難得看到計程車連綿不絕的景象。

『唉……雖然不得已，不過經理應該會氣炸吧，我們應該會很慘……』

楊子默不用想也知道結果，明白自己問了也是白問。他絕望地仰頭嘆氣，陷入無語。

堵在路上的葉堇薰同樣無話可說。他們對自家經理的脾性再清楚不過，即便地震事件純屬意外，還是免不了挨一頓罵。

光想到經理無理取鬧的面孔，葉堇薰就神態疲憊地捏了捏鼻梁，視線碰巧晃過一面路牌。

忽然間，他靈光乍現地道：

「學長，我現在塞在花園飯店附近，我記得那家飯店不是有和我們合作，專提供我們的甜點給ＶＩＰ貴賓嗎？或許可以請他們幫忙調幾樣甜點應急？」

『喔喔喔！好主意！總比什麼都沒有好。那我現在聯絡飯店，請他們準備在門口。』

聽聞葉董薰的提議，楊子默立刻贊同。

葉董薰微微頷首：「ＯＫ，我直接繞過去拿。」

等待一個漫長的紅燈後，葉董薰俐落地轉動方向盤，成功脫離壅塞的主要幹道，彎進空曠的線路。

車子剛駛入飯店前的街口，就看到飯店人員正提著兩大包提袋走出來。葉董薰連忙打了暫停燈，下車幫忙。

殊不知點心才接過手，一團黑黑的東西就從轉角貿然竄出，迎面猛撞上來。

瞬間，葉董薰只感覺唇間和下巴一陣劇痛——

「唔！」

「小心！噢、葉先生，你的嘴唇流血了。」飯店人員一見血，驚慌喊道。

深怕甜品又出意外，葉董薰忍住痛楚，及時穩住腳步。不過撞上他的人卻大叫一聲，戲劇性地往後翻了幾大圈，跌個四腳朝天。

「嗚嗚嗚……我的舌頭……」

杜析杓人砸在地上，發出痛苦的哀鳴，嘴裡嘗到了鮮血的鐵鏽味。

他沒想到自己會一早起來就衰事不斷。先是夢到混帳王八的初戀對象，接著連續咬到舌頭兩次；好死不死遇到地震，千辛萬苦招到的計程車還被大媽攔截，最後只能靠自己百米衝刺；誰知道現在又撞到人，然後又咬到舌頭！！

第三次了，杜析杓今天咬到舌頭第三次了，這次不只舌頭，連嘴唇也遭殃……真是衰到懷疑人生的地步。

可惡，是因為昨天拜拜求好運籤時，忘了獻供品的關係嗎？怎麼天道輪迴這麼靈驗，今天如此橫禍連連？

「先生，你不要緊吧？」

此時，一道低沉幽靜又好聽的嗓音由杜析杓的頭頂傳來。

「我沒……事……」

杜析杓含著淚回應，低頭吐了幾下發麻的舌頭。

騙人，其實超級有事，他的舌頭痛死了，但現在也只能硬著頭皮撒謊了。

他緩緩抬頭，飯店櫥窗明亮的燈碰巧對準他的眼，照得他睜不開眼皮，只隱約見到擁有好聽聲音的主人朝他遞出手。

杜析杓也伸手搭了上去，接受對方的好意。

與細潤的音質相違，好聽聲音的主人手臂強勁有力，他穩健的底氣隨著掌心傳遞給了杜析构。

手掌中的溫度流動，似曾相似的觸感使杜析构的心臟不自覺地抽顫一下，有股莫名的預感閃過腦門。

「析构？」低沉磁性的嗓音再度開口。

「嗯？」

聽見有人喚自己的名字，杜析构下意識轉頭。

果不其然，他的預感……成真了。

當對方出眾爾雅的外貌出現在眼前的瞬間，杜析构周圍的時間像被按下了停止鍵，他錯愕地凝固在原地。

「析构，真的是你？是我啊，葉董薰。」

葉董薰笑道，眼尾彎出迷人的弧度，溫柔地望著眼前驚呆、錯愕的人。

俗話說，人在衰的時候，喝西北風也能嗆死人。

杜析构浩浩蕩蕩地活了二十八個年頭，從沒想過自己有一天，會在光天化日下活見鬼！

噢，不！是遇見——前、男、友。

第二章

所謂皮笑肉不笑，是種極其不自然的假笑模樣。

杜析杓今日可將這句話演繹到了精隨。

當知道葉董薰是自己未來三個月的合作對象時，杜析杓剎那間五雷轟頂，心情長滿了黴菌，跟充滿地溝油的水溝一樣臭。

「杜先生您好，敝姓楊，叫楊子默，是藍法甜時企畫的組長，我的同事葉董薰是負責策畫本次合作的專員。之後有任何問題或需要協助的地方，請隨時聯絡我們。」

西裝筆挺，外型陽光的楊子默彬彬有禮地自我介紹，主動掏出名片遞給杜析杓。

「您好，楊先生，謝謝貴公司的合作邀約，這是我的名片，我是專門負責食品案製作的包裝設計師。」杜析杓禮貌地回答道。

他看了一眼站在一邊的葉董薰，也客氣地遞上自己的名片：「葉先生，幸會。希望未來合作愉快。」

「我才是，請多多指教。」

葉董薰簡單地應聲接過名片，一對琥珀色雙瞳仍直揪著杜析杓不放。

相較於與楊子默對話時的泰然，和葉董薰面對面時，杜析杓的臉色明顯僵硬一些。收下葉董薰的名片，再看向他胸前的員工證，確認一百次證件上印的大頭照與本人無誤後，杜析杓才勉為其難地擠出營業用的笑臉來。

幸好這些年在筱言姊那裡打工時積累了不少經驗，各種奇葩怪異的客人沒少遇過，他早已練就一身看到瘋子、聽到屁話、遇到鳥事，都可以展現泰山將崩於前而面不改色的超級大絕招。

雖然此刻面對的是前男友，假笑技能難度瞬間飆破一千等級，可訓練有素的他還是能勉強鎮定。

簡單寒暄過後，與法國高層的會議正式開始。儘管會議上杜析杓應對得宜，但只有他知道，自己鎮靜外表下的內心有多翻天覆地、驚濤駭浪，以至於不管嘴裡吃進任何美味精緻的甜點，他都沒有任何味覺，如同嚼蠟。

煎熬的時段終於過去，會議來到尾聲，在結束與法國方視訊會議的剎那，所有人都深喘一口大氣，接著響起一陣掌聲。

「哎呀呀，杜設計師，您真是人不露相啊！」

禿頭經理見到杜析杓法語流利，與高層相談甚歡，會議一結束就擠上前逢迎拍馬。

「哪裡……經理您過獎了。」

「沒有、沒有，是杜設計師太謙虛了，您過去的作品我都拜見過了，那設計令人耳目一新，我感覺又上了一課，這正是長江後浪推前浪啊。」說著說著，禿頭經理緊握住杜析杓的手，表示友好，「對了對了，今天地震沒事吧？還麻煩你假日跑這一趟，太感謝了。希望我們合作愉快，合作愉快啊。」

「嗯，希望合作愉快……」

掌心感受到對方黏膩的手汗，杜析杓直覺性地想抽回手，不過禿頭經理又是阿諛又是奉承，杜析杓只能隱忍生理上的不適，尷尬附和著。

即便他臉上掛著陽光般的微笑，但葉堇薰仍察覺到了杜析杓未顯露的窘困。

「經理，今天開會辛苦了。剩下的細項就由我跟設計師洽談，您早點回去休息吧。」

葉堇薰一邊問候經理，一邊遞給杜析杓一疊資料，刻意騰出他的手。

接過資料的瞬間，杜析杓如釋重負，內心小小地吁了口氣。

「就是啊經理，接下來交給我們吧！你儘管放心。」楊子默拍胸脯幫腔道。

「那好。你們仔細跟杜設計師說明一下，好好送人家下樓。」

有人自願接下工作，哪有不推給別人的道理，禿頭經理無事一身輕，樂得連連點頭。

「經理安心啦，沒問題的。」

順利哄走經理後，楊子默轉向兩人問：「剛剛甜點吃得有點膩了吧？我去泡咖啡來，你們先談。」

「那、那個不麻煩了，我……」

發現楊子默要丟下自己跟葉堇薰獨處一室，杜析杓臉色大變，連忙拒絕，誰知他話還沒說完，就被葉堇薰的話打斷。

「杜設計師要喝水果茶嗎？我們公司有西洋梨果乾的茶包。」葉堇薰問。

「呃……果茶……」

一聽有自己最愛的水梨果茶，還是少見的果乾茶包，本想緊急撤退的杜析杓猶豫起來。

看著眼前的人糾結萬分的神情，葉堇薰不自覺微微哼笑了一下：

「我不用。不過設計師的梨果茶幫忙沖兩包茶包，半匙糖就好，謝謝學長。」

「收到。」

楊子默併攏五指行軍禮，轉身泡茶去了，偌大的會議室中只留下葉堇薰與杜析杓兩人無聲相望。

「坐吧。」

葉堇薰率先打破沉默，朝座椅指了指，而杜析杓只是點點頭。

剛才聽見葉堇薰的話時，他瞬間緊張了一下。從高中分手到現在，十幾年過去了，他沒料到這個人還記得他的喜好和習慣。

杜析杓呆然地回想剛剛的事，渾然未覺有物體靠近，直到唇角有股異樣的觸感，他才恍然回神。

他眨了眨眼，竟然是葉堇薰在摸他的嘴唇！

「你幹嘛？」

杜析杓驚嚇地瞪大眼，不敢相信葉堇薰的舉動，更立即別開頭，躲掉唐突的觸碰。到底有哪個人會在分手十年後，與前任重逢時突然摸對方的嘴唇？簡直莫名其妙。杜析杓心裡一陣慌亂。

「只是幫你擦掉沒清到的血跡。」

他看著他的嘴角，乾結暗紅的血點讓他忍不住皺眉。

「大庭廣眾的，不要做這種事。」

「呵，那沒人的時候就可以？」葉堇薰輕笑，忽視了杜析杓的閃避，緩緩抽回懸在空中的手。

「葉先生，你到底談不談工作？不談的話，恕我告……」

「傷口還痛嗎？」葉堇薰勾起迷人的薄唇，又一次打斷杜析杓的話。

令人大腦酥軟、熟悉的笑容再現眼前，杜析杓的臉頰悄悄泛起熱意。

葉堇薰爽朗的俊容與今早的夢境重疊在一起，讓他有股回到高中的錯覺。

但時空是不可能倒流的，至少現在的科技是這樣。

「早就不痛了，沒看到我開會時講那麼多話。」

雖說葉堇薰的嘴角也有破皮，照理說始作俑者的自己應該關心一下，不過杜析杓最終還是打消這個念頭，假裝無視他的傷。

「真的？那就好。」葉堇薰笑著鬆了口氣，頓了頓，緩緩開口：「析杓，很開心再見到你。」

一雙好看的琥珀色眼眸恣肆凝視著杜析枃，悸動無預警地捲上心頭。

葉堇薰的眼神太過濃烈銳利，呼喚自己名字的嗓音穿透力強勁，無一不動搖著杜析枃的心魂。

……杜析枃啊，杜析枃……你受到的教訓還不夠嗎？

……不行啊，不能再被這種眼神矇騙了。

此刻杜析枃懊悔不已，真不該被一杯茶收買的。

就在他清了清喉嚨，打算開口說明離意時，會議室的玻璃門響起清脆的敲擊聲，隨後楊子默端著熱飲走了進來。

「哈囉！本少爺精心特調的飲料來啦，還請打五顆星好評。」楊子默幽默說道。

「謝謝你，楊先生。」

「謝謝學長。杜設計師，這是您的茶。」

見有第三人在場，葉堇薰收回親暱的態度，改成客套稱呼，並主動接過茶水，遞到杜析枃面前。

熱呼呼的茶杯擺在前，一下子果香四溢。

「別那麼客氣，我們還要合作好幾個月呢。」楊子默拉開椅子坐在葉堇薰的身邊，接著說，「以後叫我子默就可以。對了，我能直接叫你名字嗎？析枃？」

楊子默試著喊了一聲杜析杓的名字，引來身旁的人眼尾隱隱牽動一下。不過那陣抽動極其細微，其餘的兩人都沒注意到。

「當然可以。你好啊，子默。」杜析杓點頭，重新換上輕鬆的神情打招呼。

「太好了，都是同齡人嘛，放鬆就好。你也可以直呼這傢伙名字。」楊子默說著，並伸出拇指比了比葉董薰，然而他得到的卻是杜析杓一副為難的表情。

「嗯？怎麼了嗎？」

「沒事。」葉董薰平常地搖搖頭，繼續說道：「剛剛和杜設計師小小聊了一下，有稍微熟識了，我們接續會議的內容繼續談吧。」

楊子默挑了挑單邊眉毛，投給葉董薰一記耐人尋味的眼神。

稍微熟識會是如此僵硬的氛圍？鬼才相信呢。

不過現在工作要緊，審問可以等等慢慢來。

「說得也是，美好的周末夜晚用來談工作多浪費啊，我們趕快進行吧。」楊子默一邊說一邊將資料一字排開。

好在有楊子默的從中調節，之後的氣氛活絡不少，工作的商談順利結束，今天因地震沒能送來的甜品，則約定好改日請杜析杓到店鋪親自品嚐。當三人各自起身、準備離去之際，經理的一通電話叫走了楊子默，會議室又回到兩人獨處的狀態。

沉默飄盪在空氣中，他們仍舊無語，安靜地收拾東西。

直到杜析枃拉上背包的拉鍊，葉菫薰才趕在最後一刻開口：

「析枃，高中畢業後你……」

聽見敏感的詞彙，杜析枃決定不多言：

「葉先生，謝謝您剛才詳細的說明，我大致了解貴公司希望的設計方向了，如果沒有其他事情，我先告辭了。」

杜析枃快速唸完預備好的台詞後簡單地行禮，拽起背包轉身就走，沒給葉菫薰多餘的空間。顯然，對方也沒料到他會截斷得如此俐落，詫異得來不及挽留。

「析枃！！」

葉菫薰急切地呼喚，但杜析枃沒有回應，逕自推門離開。

「析枃、等等！唔……」

忽然匡噹一聲，玻璃門發出好大一聲。

葉菫薰急著跟上去，卻硬生生被回彈的門打到額頭。也是這一聲悶哼，成功留住杜析枃的腳步。

他下意識地回頭一望，對上門後那對琥珀色的視線。

隔著一扇玻璃，葉菫薰沒再向前，只是用哀求的眼神望著杜析枃，似乎在懇求他留下來。

這一刻，杜析枃的雙眼才真正直視葉菫薰。

他的五官還是那麼深邃，下顎的線條稜角分明，少了年少時的圓潤，蛻變得更加成熟，眼尾淡淡的紋路使他的魅力有增無減。

站在玻璃後的人，依舊是那個能牽動自己心緒的人……

杜析杓垂下眼，強迫自己收回混亂又動搖的情緒，橫下心，轉身走出藍法公司的大門。

◆

夜幕低垂，城市徹底換上華燈閃爍，流光溢彩的嫵媚景色。

楊子默與葉菫薰倚靠在頂樓的矮牆上，看著這座夜晚喧嘩的城市叢林，嘴邊呼著菸，有一搭沒一搭地閒聊。

「本來以為甜品沒準備齊全，經理會大爆炸，沒想到那位杜析杓的法文竟然這麼好，不僅暢談無阻，還能接到法國人的笑點，真不簡單，還讓經理都忘了生氣，我們算是逃過一劫了，Lucky！」楊子默回想剛才開會的情況，忍不住稱讚道。

「因為析杓在法國生活過。」

葉菫薰只是淡淡地回應，白色的煙霧在空氣中擴散。

敏銳地發現葉菫薰對杜析杓換了稱呼，楊子默先是頓了頓，隨後像明白了什麼，意有所指地問：「你身上這件襯衫不便宜吧？難得看你穿這麼高級的料子。」

「襯衫都長一個樣。」

「嘖嘖嘖。」楊子默搖搖手指，「男士襯衫可是暗藏細節的，身為西裝人生的前輩，你以為我看不出來？」

公司並沒特別規定服裝，葉堇薰平常也都是簡單的素T配黑褲，但今天卻罕見地穿了正式的西裝，可見案情不單純。

「不然學長看出了什麼？」

葉堇薰用一副無所謂的眼神看向楊子默。

「啊對對對，那位杜析杓我想起來了……你上次說過他是你的高中同學？我記得這次包裝企畫極力推薦他的人也是你，好像是？」

楊子默聲東擊西，沒有正面回應葉堇薰的疑問。

「不是好像，就是。」

「你對他挺用心的。」說著，楊子默賊賊地瞄了眼身邊一臉淡定的人，顯然話裡的用心意有所指。

「嗯，就是那麼一回事吧。」

葉堇薰回得敷衍。雖說他並無隱瞞自己心思的意思。

「不會吧？真假？」楊子默大感意外。

「學長覺得是真就是真，是假就是假嘍。」葉堇薰一派輕鬆地笑了笑。

見到對方模稜兩可的態度，楊子默一度懷疑自己的判斷，覺得葉堇薰今日正式的穿著或許真的是為了與高層開會也說不定。

不過，他才不會被忽悠過去呢。剛才結束與經理的電話後，他折回會議室，碰巧在走廊上看見杜析杓與葉堇薰隔門相望的場景。

他更加篤定，這兩人之間有蹊蹺。

「是說你也不用一直喊我學長吧？我們明明同年耶，這樣會被誤會我比較老。」

「畢竟你是大我兩屆是事實。」

「你是因為被退學重考，所以才晚我兩屆吧。」

說到這件事，楊子默想起大學時認識葉堇薰的情形。雖說兩人不同專業，不過他們同是系學會幹部的關係，很快就熟識了。

楊子默外貌雅痞，十分健談，而葉堇薰顏值、學業在線，兩人結伴走在校園裡，時常成為焦點。不僅如此，葉堇薰剛入學便高票奪下了當年的校園先生第一名。

隨著進入期末，兩人各自為課業日漸繁忙，也慢慢很少聯絡。當楊子默終於空閒下來時，才察覺周圍少了葉堇薰的聲音，多次去系所也找不到人。

一問之下才知道，葉堇薰已經無故曠課許久了，導師致電也沒回應，於是楊子默主動提議由他去葉家拜訪，看看狀況。

他還記得那一天葉堇薰應門時的神色相當糟糕，狀態潦倒邋遢，和之前在學校光鮮有活力的樣子截然不同。

起初，葉菫薰什麼都不說，只是空洞地聽他講述學校的事，好像那些都與他無關一樣。

本以為這一趟會問不出什麼，將空手而回，誰知道葉菫薰一看到他帶去當伴手禮的餅乾就瞬間紅了眼眶，潸然淚下。

那時楊子默才知道，在學校受萬人追捧的葉菫薰原來是個不折不扣的痴情種，他為了高中時分開的戀人消沉至此，即使勉強打起精神上了大學，終究堅持不了多久。

到葉家拜訪完沒幾天，就傳來葉菫薰退學的消息。當楊子默再次見到他，已經是升大三的時候了。

「你退學又重考的事情在女生圈裡鬧很大喔，每天都有人來問我你為什麼退學。你都不知道，為了維持你的王子形象我有多累。」楊子默誇張地垂著肩膀，故作勞苦樣。

「哈哈，學長的大恩大德我沒齒難忘。」

葉菫薰呼了口菸，跟著笑了出來。對於楊子默這個朋友，他自然感激。

當年杜析杓出國後，他真的痛苦到彷彿心都碎了。全身脹痛、撕裂的感覺凌遲他的身心，縱使他有意進入大學、重新開始，仍舊敵不過悲傷的情緒，最後選擇退學靜靜療傷。等自己整理好心情，可以好好面對外界時，已經過了一年多。

不過令葉菫薰吃驚的是返回學校時，他發現楊子默並未把他的事情當作與其他學生之間的話題，反而什麼都沒講，極力維護他的隱私。此後兩人之間的友誼加深，葉菫薰對楊子默的信任無須言語。

「不過話說回來，當時那位……該不會就是杜析杓吧？」

雖然那天葉堇薰哭訴時，只說是與戀人分離了，並未道出性別，而楊子默自然就覺得是女友。但如今看來，其實是男友？

楊子默想著想著，而且時間點這麼一對上，想必錯不了。

「學長覺得呢？」

「你這傢伙，開口閉口稱我是學長，內心根本不這麼覺得嘛。」

「呵，就是那麼一回事吧。」

「又來了，萬年敷衍句。」

楊子默白了葉堇薰一眼，兩人不約而同地笑了出來，並有默契地安靜下來，俯視著喧囂霓虹的不夜城。

須臾，葉堇薰呼出最後一口白霧，捻熄菸蒂，摸著稍微泛痛的嘴角，直截了當地要求：

「不好意思，這次的案子可以交給我全權處埋嗎？」

「現在是要公器私用的意思嗎？也太明目張膽了吧。」

「哈哈哈，我不反對這種說法。」

「如果好好利用的話，我可以睜一隻眼閉一隻眼。」

「謝謝學長。」

「少來了，走吧，回去了。」

兩人又笑了，相繼走下頂樓。

葉菫薰的死心眼，楊子默不是沒見識過，希望這次能有個開花結果的好結局。

不過話又說回來，人是為了擁有結果才戀愛的嗎？

◆

真是莫非定律，怕什麼來什麼。

一回到家，杜析杓立刻衝到鏡子前，摸著破皮的唇角一邊慘叫。

起先他並沒有意會到自己與葉菫薰唇對唇相撞的事，直到回家路上，他不斷回想對方嘴上的傷口，才赫然意識到，他們剛才那個情形應該是接吻了？

「不會吧？我跟他剛剛是接吻了嗎？這種方式也太扯了吧？」杜析杓自問自答，腦海中不停回放兩人在路上唇齒相撞的瞬間。

一記慘烈劇痛的吻。

「唉……也太衰了……難得能吃到高級的甜點跟水果茶，都是因為那傢伙，害我什麼味道都嚐不出來，真可惜。」

杜析杓一邊塗藥膏，一邊怨嘆食不知味的遺憾。

此時，有股毛茸茸的觸感掃過腳踝，他低頭，發現邱比特正用哀怨的眼神望著自己。每天晚餐是邱比特愉快的罐罐時光，見奴才回家第一件事竟然不是向自己請安、獻上食物，而是躲在浴室鬼吼鬼叫的時候，邱比特實在坐不住了，牠跳下軟綿綿的龍椅，親自催促奴才上工。

「抱歉邱比特先生，我今天回來晚了。我現在就去幫你準備晚餐喔。」

杜析杓滿臉歉意地來到廚房，拿出乾糧和貓罐頭，仔細地拌勻並灑上幾撮柴魚粉。向喵皇獻上精心調製的食物後，盡責的他賣力打掃起貓砂盆，把家中兩個砂盆都換上乾淨的貓砂。

只見邱比特慢條斯理地享用完晚餐後，開始悠哉地梳理毛髮，接著牠走到杜析杓身旁，朝貓砂盆中張望了一下，似乎很滿意奴才俐落的手腳。

奇怪的是，平時不怎麼親人的邱比特突然轉動耳朵，繞著杜析杓不斷打轉，嗅來嗅去，像在尋找什麼。最後牠聞了幾下杜析杓的手腕，還主動磨蹭起他的手背，發出呼嚕呼嚕的舒服聲音。

乍然見到愛貓親暱的舉止，杜析杓吃驚地眨了眨眼，突然想起跌倒時，葉堇薰抓著自己的手、扶自己起來的一幕。

「你發現啦？是他沒錯喔。」杜析杓癟了癟嘴，落寞地嘆了一口氣，「我說……邱比特先生，你也太偏心了，明明救你的人是我耶，餵你飯的也是我，你怎麼就只喜歡那姓葉的傢伙啊？」

——倘若沒有發生那件事，自己現在還會喜歡他嗎？

今日早晨，杜析杓曾這樣問過自己，現在他有了確定的答案。

不管有沒有發生那件事——他仍愛著他。

在重逢見到他的第一眼，他就知道了。

十年不見，眷戀卻絲毫未減。

「我怎麼就是學不乖啊？」

所謂的愛情到底是什麼？

用一瞬間愛上的人，究竟要用多久才能遺忘呢？

杜析杓選寫了上百句情感金句，卻沒有一句能寬解他對愛情的茫然與困惑。

蛋糕底板上的愛情箴言，對無數女孩施予了戀愛的魔法。然而屬於他的愛情魔法，何時才會降臨呢？

原本沉浸在舔手手的邱比特，此刻好似感應到杜析杓憂愁的心情一樣，抬頭看了看主人，輕輕地用鼻頭推了推他的手。

「我沒事啦，不用擔心沒人給你餵飯啦。」他沒好氣地噗哧一笑，隨後停頓一會兒，接續說道：「嗳……邱比特先生，你還記得那傢伙。但你說……那個人，他還記得你嗎？他是不是還記得我們相遇的那一天呢？」

杜析杓懷著複雜的心情，溫柔撫摸愛貓的下巴，漆黑的眼瞳隱隱透出陰鬱的神色，對著寂寥的空氣小聲呢喃……

第三章

噹噹噹噹——噹噹噹噹——

上課鐘聲響徹校園，所有人如火箭般飆回座位。

這堂課是週五最後一節班會課，結束這回合就能奔向自由了。班上吵吵鬧鬧，每個人都迫不及待地等著放假。

與班上喧鬧的氣氛相違，杜析杓坐在窗邊，安靜地伏首畫設計圖。

他正琢磨著明天要做的芒果慕斯蛋糕要怎麼裝飾才好，因此一連畫了幾組圖，但都不是很滿意。杜析杓一邊畫一邊思考，慕斯到底要做紮實的口感，還是綿密的口感呢？芒果要切成塊狀，還是搗成醬呢？

正當他苦惱的時候，班導推開門踏進教室，室內吵雜的聲音驟然停止。

然而，這並不是因爲班導師多有威嚴，器宇軒昂能震攝八方，而是因爲跟他背後跟著一位陌生的男學生。

新面孔一進教室，立即吸引所有人的注意力。

發現周圍安靜得過分，杜析杓終於將思緒從甜點世界抽離，抬起頭一看究竟。

但這一看，直接讓他看出神了。

跟在老師背後的男學生身材高挺勁瘦，擁有顯眼的栗褐色頭髮，他的輪廓褪去了孩童圓潤的稚氣，多了幾分成熟的線條。一對淺色的眼珠含著男孩轉男人的沉穩光芒，其氣質簡直像從少女漫畫裡走出來的男主角。

總使杜析杓知道自己對這位男學生的感想很少女，但他眞的找不出更適合的詞彙。

原來所謂的漫畫眞人版，就是這個樣子啊……

身爲男孩子的杜析杓都禁不住在心中讚嘆。

導師示意男同學站上講台，隨著「葉菫薰」三個字寫上黑板，不單單班上女生們的尖叫聲越來越激昂，男生們也交頭接耳討論起來。

「什麼！他就是葉菫薰？」

「不會吧？轉學考滿分的那一個？」

「天啊！超帥的！是混血嗎？」

「看名字，我以爲是僞娘呢。」

「他可以去選SN練習生吧？肯定能直接出道。」

剎那間，班上同學你一言我一語，聲量幾乎要將屋頂轟飛。而杜析杓夾在吱吱喳喳的同學中，安靜地望著台上始終掛著禮貌笑容的葉菫薰。

「好了各位同學，安靜，安靜！」班導師拍手吸引學生們的注意，接著說，「葉同學從今天開始加入我們班，他因爲爸爸工作的關係，到去年底都待在荷蘭的華僑學校，對台灣校園生活如果有不懂的地方，希望大家多多幫忙。」

說完，老師照著身高替葉菫薰安排了最後排的位置。

只見入座前，葉菫薰還對前座的女孩說聲「請多指教」，乾淨清晰的嗓音立刻秒殺一票女孩，前座的女生樂得差點暈到。

「好好好，大家安靜。接下來關於下週就要交的藝術鑑賞報告，誰願意跟葉同學同一組？」身兼美術課程的導師此話一出，全班再次沸騰了。

不過人氣沸騰歸沸騰，但搞了半天還是沒人自願與葉菫薰同組。

男生們怕被比下去，自是不願意之外，女孩子們也因太過害羞而怯步，同學間面面相覷好一會兒，還是沒人敢接下。

哎呀呀……這就是所謂的高處不勝寒嗎？

杜析杓內心又不禁感嘆起來，他悄悄轉頭，視線穿過大群吵鬧的身影，看了一眼坐在最末端的葉菫薰。

不知是不是錯覺，杜析杓竟覺得葉菫薰如藝術品般的笑容裡，含著些許旁人難以察覺的無奈。不過就算那低落的情緒被葉菫薰的完美微笑包裝得不著痕跡，杜析杓仍舊感受到他的唇角似乎流洩出一絲尷尬。

俗話說的好，每位帥哥背後必有一位普通的朋友，他杜析杓今日就大發慈悲，委屈做那名普通的朋友吧。

「呃……我可以跟他一組。如果……他不介意的話……」

猶豫了兩秒，杜析杓舉手開口向班導師自薦。

「哦？杜同學願意是嗎？」班導再次確認，瞬間班上又安靜下來。

「呃……嗯。」

杜析杓點點頭。而女同學們發現不是其他女生奪得頭香，也紛紛發出安心的嘆息。

「那太好了，杜同學一直都很細心，由你和新同學同組我也放心。」班導師笑了笑，抬頭對後方的葉菫薰招招手，「葉同學，這位是杜析杓同學，美術的報告就跟他一組喔！好好相處吧！」

就這樣，在老師的引薦下，兩個人隔空對上眼，簡單點頭打過招呼後，班會正式開始，同學間也轉爲嚴肅的氣氛。

神話級男神降臨校園，風聲傳得比流感還快。

消息在學生群組之間傳得沸沸揚揚，才放學，附近班級的女孩就紛紛跑來教室圍觀。

也許是怕一出教室就會慘遭飢渴的女孩們生吞活剝，放學鐘響後，葉菫薰沒有要離開的意思，反倒他戴起耳機，趴在座位上閉目養神，直到班上同學都走得差不多了，他仍舊沒有要回家的打算。

本想藉放學時與新同學自我介紹，可杜析杓左等右等，就是不見葉菫薰起來。於是杜析杓乾脆率先發球，他走到葉董薰的座位旁，用筆戳了戳身板骨骼明顯轉寬的肩膀。

我的媽！這傢伙的睫毛根本和鴕鳥沒兩樣！長在男生身上根本不科學。

杜析杓暗自觀察這位新來的面孔，內心驚嘆葉董薰又密又長，猶如羽扇的睫毛。下一秒擁有長睫的眼眸霍然睜開，一對宛若天然結晶的琥珀色眼珠直直對上杜析杓的雙眼。

「怎麼了？」葉董薰板著聲問。

「也沒怎樣。不是美術要一組嗎？你既然還不打算回家，那就一起討論報告吧。」杜析杓提議道，餘光悄悄瞄了眼幾名逗留在教室外圍觀的學生。

葉董薰掃了眼窗外後，取下耳機表示同意，杜析杓見狀，拿出之前準備的資料。

「我題目已經找好了，因爲下星期就要報告了，我們就不訂新的，直接用我找的沒問題吧？」杜析杓拉開前座的椅子，反向坐下。見到葉董薰點頭，他接著解釋：「我選的題目是一尊雕像，本來想報告藝術家的生平經歷，還有雕像的由來，但我發現這尊雕像背後的故事源由有兩種版本。」

「嗯哼，所以呢？」

葉董薰雙眼掃視資料，看也沒看杜析杓。

「雖然第一個版本比較多人知道，但是我比較喜歡第二個版本，所以不知道該怎麼取捨——」

「其實你已經做完報告了吧。」

突然，葉堇薰說。

「咦？你剛剛說什麼？」

中途被打斷，杜析杓一下子沒聽清對方的話。

「我說你已經做完報告了吧。」

葉堇薰又重複一遍，語氣比前一次更僵硬。

聞言，杜析杓愣了一下：「一半一半吧，我只是找了資料，但還沒決定。正好你來了，就一起決定啊。」

「你不是說你喜歡第二種版本嗎？顯然你已經決定了嘛，那幹嘛還要跟我討論呢。」

葉堇薰直言不諱。

「我、我……」

見自己的善意被潑了冷水，杜析杓霎時間接不上話。

「你不用特別迎合我，我去跟老師說一聲就好了，反正美術報告我自己也可以寫。」

不等杜析杓反應，葉堇薰表情冷淡地逕自說下去。

果然，在成功男人背後默默付出的女人不好當。同理可證，要成爲帥哥背後的普通朋友也沒那麼容易。

杜析杓深深吸口氣，強迫自己鎮定：「我說這位同學，你都滿分考進來了，老師會認爲這種報告你一個人做不出來嗎？」

「嗯……」

沒料到對方會反問回來，葉董薰一時間語塞。

「你頭腦這麼好，除了功課以外，也思考一下別人的心意吧？老師分組的用意，不就是希望有人可以帶你，讓你早點熟悉班級和學校嗎？」

杜析杓不知哪來的氣勢，一口氣向葉董薰耿直地說出自己的想法。而葉董薰抿嘴不語，炯亮眼睛直直瞪著他。

兩人陷入僵持，久久不語，圍觀的同學察覺苗頭不對，紛紛做鳥獸散。不知不覺間耳邊安靜下來，整層樓轉眼只剩他們兩人。

發現對方銳利的視線，杜析杓立刻意識到自己的語氣似乎太激動，秒低下頭來變成縮龜，他不安地搓著手指，對這份尷尬無所適從。

相較於杜析杓的無措，葉董薰倒是覺得有趣。

他向來不喜歡主動示好的人。

縱然不覺得自己顏值破表，但他也清楚自己恰巧生有一張符合時下審美的外貌。過去會主動親近他的人要不是想交往、能帶出去炫耀一番，就是想與他成爲朋友，有優越感，也方便撈點好處。

接近他的人總有私心，這些都讓葉董薰深感疲憊。

他厭倦了被他人視作圖利工具的生活，所以他和爸媽提議想離開荷蘭，回台灣與祖父母居住。

起初，他以爲杜析杓也是這樣的人，殊不知他願意與自己一組的原因，竟然是因爲顧及到老師的感受。

見對方咬著下唇、侷促不安的樣子，葉菫薰發現這個叫杜析杓的男孩白白淨淨的，眼神剔透，有股難以描繪的易碎感。不似第一眼安靜文弱的印象，他柔中帶剛，猶似一朵帶刺的白薔薇。

不知道葉菫薰在想什麼的杜析杓，只覺得沉默相當煎熬。

唉……眞要命。自己就不該心軟，接下這燙手山芋的……杜析杓內心低嘆，不禁犯起嘀咕。

見葉菫薰片刻沒有回應，杜析杓只能自己排解尷尬，硬著頭皮找臺階下，他猶豫了一會兒說：「呃，那個……你要是覺得自己一個人很OK，那也沒差，和老師說一聲就好了。」

葉菫薰到底不是個冷漠的人，得知杜析杓單純的出發點後，原先對他的成見一下子煙消雲散。看對方眉頭微蹙，又露出有些委屈的表情，他心底也過意不去。

「是我沒發現，對不起。」

他立即道歉，語氣也放軟許多。

「喔！你也不用道歉啦，沒那麼嚴重。」

原以爲葉菫薰會有資優生的偶像包袱，沒想到他認錯得很乾脆，倒是換杜析杓檢討起自己是否太苛薄。

說完，空氣頓時又陷入一陣尷尬。

就在這時，葉菫薰隱約聽見窗外傳來一絲一絲、十分微弱的詭異聲響。

「什麼聲音？」

他轉頭看向窗口，這舉止卻嚇壞了杜析杓，嚇得激動跳起來。

「什麼什麼聲音？現在還有太陽耶，你別嚇我！」

「眞的有，在窗外……」

「窗、窗、窗窗外？這裡是二樓耶。」

除了鳥跟飛蟲，還有什麼東西能徘徊在二樓窗外？

兩人交換了眼神，走到窗前豎耳傾聽。

卽將日落，周圍漸漸暗下，一下子陰森起來，那詭異的聲音也越加明顯，還斷斷續續的，惹得杜析杓一身雞皮疙瘩。

葉菫薰壯起膽子，唰地一聲拉開窗戶，瞬間幾隻鴿子由眼前振翅而飛，把杜析杓嚇了一跳。鴿子飛走後那聲音更淸楚了，像是嬰兒啼哭聲。

原本嚇破膽的杜析杓一聽，當卽露出安心的笑容。

「吼！我還以爲是什麼呢，是貓咪啦。」

「貓？」

葉菫薰皺眉，不相信這奇怪的聲音會是那種可愛的動物所發出的。

「真的啦，你沒養過貓對吧？有些貓咪的叫聲就像小孩哭一樣。」

兩人定眼搜尋，果然在層層的樹葉影後發現一隻瘦弱的小貓正渾身顫抖，發出孱弱的哀嚎。

「真的是隻貓耶。」

「就說吧，不過這麼小的貓咪怎麼會自己在樹上？」

「誰知道。」

眼看小貓搖搖欲墜，杜析杓毫不猶豫地伸手勾上樹枝。

「喂！你！這樣太危險了！」

葉菫薰想阻止，但來不及了。只見杜析杓爬出窗戶，靈活地鑽進樹梢，整個人攀在一條細枝幹上。

「你在幹嘛？摔下去不是開玩笑的——」葉菫薰急得朝樹梢大喊。

「不然怎麼辦？這裡是二樓耶。我摔下去頂多骨折，但是這麼小的貓咪摔下去一定會死的。」杜析杓頭也沒回，直直往小貓的位置爬去。

誰知杜析杓剛說完，手就滑了一下，看得葉菫薰心驚膽戰。他沒多想，立刻奔下樓，朝樹下跑去。

沒想到他剛趕到樹下，就聽見杜析杓的驚叫，只見他一手緊抓著樹枝，下身懸在空中擺盪，兩隻腳奮力想攀上樹幹，又屢屢踩空。

「小心！」

葉堇薰見狀，心臟像被重擊般猛然震動，焦急地大吼。

就在他喊完的下一秒，樹梢喀嚓一聲，杜析杓整個人掉下來。葉堇薰大步飛衝上前，拿自己當肉墊。兩人抱在一起，雙雙跌在地上。

「哎呀，痛痛痛！」

「唔……你沒事吧？」

墜落的那一刻，杜析杓以爲自己會看見人生跑馬燈，還好沒有。

「沒事沒事，好險我爬到一半才腳滑，不然眞的從二樓的高度跌下來就慘了。」

「你現在才覺得危險？」

不知怎麼的，看懷中人還在嘻嘻笑笑，葉堇薰瞬間非常惱火，音量不自覺大了起來。

「哎呀，你別生氣啦，幸好你趕來了，感謝你做人肉氣墊啦。噢對了，你沒事吧？」

縱使葉堇薰大怒，可杜析杓像是沒察覺似的，嘴角依然笑咧咧的，還開玩笑地順手拍拍葉堇薰的胸膛，沒發現自己此刻疊在對方身上的姿勢很不妙。

「你再不起來就有事。」葉堇薰低叱。

「啊！對不起、對不起，我……噯！葉堇薰你的手跟腳都擦傷了……對不起喔……對不起。」

杜析杓原先有點大剌剌的，但發現葉堇薰爲了接住他而受傷後，他內心自責起來，頻頻道歉，卻沒注意到葉堇薰早已紅透的耳根。

葉堇薰當然不會爲了小傷而生氣，他眞正生氣的是杜析杓怎麼會如此沒危險意識，到底有哪個人會突然爬出二樓窗戶？他本來還想訓斥幾句，不過一看到杜析杓一臉愧疚，臉頰和膝蓋也都是擦傷，剛到嘴邊的話又全部嚥回肚子裡了。

「我沒事。教室裡不是都有藥箱嗎？等等擦藥就好了。還有，貓呢？」

葉堇薰緩和語氣，起身順勢把杜析杓拉起來，替他揮掉身上的落葉。

「嘿嘿，當然是安全著陸啦。」

杜析杓得意地拉開自己的襯衫領口，給葉堇薰瞧瞧裝在他懷裡的小貓。

也許是感受到暖呼呼的體溫，又也許是知道自己安全了，小貓不再嚎叫，安安靜靜地蜷縮在杜析杓的衣服裡。

然而，葉堇薰哪有心情看貓。

他的注意力全被杜析杓胸口的兩點春光奪走，臉頰不禁泛起一陣燥熱。

才第一天，就對初次見面的人萌生了不該有的邪惡思想，而且還是同學！葉堇薰覺得自己糟透了！

「牠……感覺不太像流浪貓？」他暗自甩了甩頭，企圖甩掉把人推倒的雜念，趕緊轉移話題。

「眞的耶……毛色還蠻特別的。」杜析杓認眞檢視起小貓來，抬頭往四處的公寓住家張望，推測道：「會不會是有人養的，不小心從家裡溜出來了？」

「離六點還有些時間，不然我們帶牠回教室等，看看附近住戶有沒有出來找貓？」

「也好，只能等等看了。」

六點是學校規定的離校時間，與其挨家挨戶地問，不如在原地等還實在一些。於是杜析杓同意了葉菫薰的建議。

兩人回到教室翻出醫藥箱，杜析杓想都沒想，直接抓過葉菫薰的手爲他塗藥膏。

杜析杓指間的溫度在葉菫薰手臂上擴散，感覺越來越熱。

「我可以自己來，你也快點擦藥吧。」他有些難爲情地抽回手。

「好哇，那你自己來。」杜析杓將棉棒交給葉菫薰，自顧自聊了起來，「是說自己擦藥都不會覺得痛，但是別人幫忙擦的時候都感覺特別痛耶，你也會這樣覺得嗎？」

「我嘛……沒有特別想過這種事。」

「是喔。」

就在這時，小貓不知道是不是餓了，開始喵喵叫起來。杜析杓一聽，馬上從背包裡拿出一袋餅乾，扳成碎塊後加了點水攪和成泥狀，餵到小貓嘴邊。

「貓會吃餅乾嗎？」葉菫薰狐疑。

「當然吃啊，我家的貓超愛吃我做的餅乾，牠還會偷吃我做的果凍呢。牠每次咬不下果凍的樣子都超好笑。」杜析昀說著，回憶起自家貓咪的傻樣，忍不住笑意。

「你做的餅乾？」

「怎麼？男生不可以做餅乾嗎？」以爲會被譏笑，杜析昀不滿地噘起嘴。

從小到大，只要他跟別人說自己的興趣是做甜點，幾乎所有人都會嗆他：大男生做什麼甜點。所以當他不小心脫口說出餅乾是自己親手做的時候，已經有心理準備會引來葉堇薰的奚落，沒想到，對方並未如此想。

「我又沒這樣講，不過就是問問而已。況且米其林裡有一堆甜點師都是男的。」

「對吧！」聽葉堇薰這麼一答，杜析昀興奮地應和，眼裡頓時閃閃發亮，「甜點師是我的夢想。」

「所以那一袋全是你做的？」

「那還用說。」

「樣子看上去不錯。」葉堇薰盯著桌上那包樣式精巧的餅乾，誠心稱讚道。

「它不只看上去不錯，味道也很不錯！喏，吃吃看。」

第一次得到同性的稱讚，杜析昀樂不可支。他自責自誇起來，特別選了一塊香橙口味的薄餅遞到葉堇薰嘴邊。

「不……」

「吃吃看嘛，我用的料很天然，不會拉肚子啦。你看連貓咪都吃了。」

杜析杓用下巴朝小貓努了努，果然飢腸轆轆的小貓已經把剛剛的餅乾泥舔得一口都不剩。

雖然葉董薰不愛零食，但看杜析杓滿心期待的樣子，盛情難卻之下，他張嘴咬住餅乾。嚼了幾口後，忽然一股甜橙的香氣蔓延至鼻間，他的眼眸不由得閃過一道亮彩。

「我就說好吃吧？」見對方的表情出現微妙的變化，杜析杓開心地說。

「……嗯。」

葉董薰盯著杜析杓笑彎的雙眼，跟著點了點頭。

「你可以自己拿，有很多不同的口味。」

說著，杜析杓愉悅地哼起歌來，掛著滿足的表情替小貓又調製了一點餅乾泥，還不停對牠說話，完全臣服在小貓的魅力之下。

「好啦，不要咬我，不要急嘛，我快弄好了。」

小貓蹦蹦跳跳、不斷繞著杜析杓轉，十足吃貨。

旁邊的葉董薰從袋中又拿起一塊餅乾，默默塞進嘴裡，悄悄凝視著杜析杓逗弄小貓時一下喜，一下驚的側臉。

畫面沉靜美好，使葉董薰感到安心，渾然忘卻前一刻他與他還只是點頭之交的陌生人。

「話說剛剛的美術報告，我們繼續討論吧？」葉董薰悠悠開口道。

此話一出，只見餵貓的手驟然停下。杜析杓驚訝地轉頭看向他，隨後綻露無比燦爛的笑容。

「那你要決定報告哪個版本喔。」

「……嗯。」

瞬間，葉堇薰的語言能力頓失，只能愣愣應聲。

——愛情來得太快就像龍捲風。

他滿腦子播放的都是這句歌詞。

以前他聽老爸唱這首歌，內心沒有任何感觸，頂多覺得旋律朗朗上口。現在他驚覺，愛情降臨的速度豈止能用龍捲風來形容。

得到肯定的回答，杜析杓打鐵趁熱拿出資料，喜孜孜地坐到葉堇薰身旁跟他討論。

他們靠得很近，葉堇薰聞到杜析杓身上有一股好聞的氣味。那是洗髮精潔淨的芬芳，混著餅乾的甜味……還有一絲絲，屬於杜析杓淡淡的香氣。

這道香氣若有似無地輕撩著葉堇薰的心。

他竟萌生了想吻他的衝動。

不過理智還是略勝一籌，葉堇薰急忙接過資料，佯裝認眞閱讀，好掩飾內心的悸動。

「阿波羅與達芙妮。」葉堇薰盯著資料圖片上的雙人雕像，照稿念出雕像的名字。「我剛剛就想問了，你爲什麼選雕像啊？找一些通俗的名家畫作不是比較簡單嗎？」

眾所皆知的名畫，資訊隨便找就一大堆，但杜析杓卻選了相對冷門的石雕。

「這個嘛……我也不知道怎麼解釋耶，只是種感覺？其實一開始我也打算找一幅名畫就好，不過找著找著就看到這尊雕像的介紹，莫名很吸引我。」

一分鐘前的葉堇薰對「吸引」這兩個字毫無想法，但現在的他十分能理解杜析杓所說的。

吸引這件事就像愛情。

說不清，道不明。

「後來我認眞找了一下這尊雕像背後的故事，就更喜歡了。」

杜析杓補述，順勢翻動葉堇薰手裡的資料。當指腹滑過後者手背的霎那，葉堇薰不自覺滾了一下喉結。

他們要報告的雕像上，刻著一對男女追逐的樣子。

男子是太陽神阿波羅，女子是女神達芙妮。第一個版本描述，阿波羅是神話中外貌最出衆的男神，掌管競技、藝術與光明，而河神之女達芙妮聰慧柔美，兩人相戀慕對方。

沒想到有一天，調皮的愛神邱比特在玩鬧之下，將象徵愛情的金之箭射向阿波羅，又不小心將代表分離的鉛之箭射向達芙妮。至此，達芙妮因爲中了鉛之箭的關係，對愛情萬念俱灰，對阿波羅避之唯恐不及，不停逃離阿波羅的示愛。

看著對愛情身心俱疲的女兒，河神於心不忍，最後不得已，只好將達芙妮變成一顆月桂樹來躲避阿波羅的追求。而阿波羅見到心愛的人變成一顆樹木後，傷心欲絕地抱著樹嚎啕痛哭。

第二個版本則是在後續給了這則神話故事另一個結局。阿波羅看見達芙妮化為樹後十分自責，跪在樹下不停哭泣，最後他的真心感動了達芙妮，化解了鉛之箭。於是，變成月桂樹的達芙妮將樹枝垂下，讓阿波羅用自己的葉子編成月桂皇冠戴在頭上，永遠伴隨左右。

看完阿波羅與達芙妮的故事後，葉堇薰思考一陣子後問：

「你說你喜歡第二個版本？」

「嗯嗯。」杜析杓點頭，「你會覺得第二個版本比較特別嗎？就是資料稍嫌不足。不過第一個版本比較廣傳，所以我很猶豫……你覺得呢？」

「既然是作業，那還是報告大眾的版本吧，要是有人提問也比較好回答。」葉堇薰下了結論。

「也是。」

明知葉堇薰的決定在情理之中，不過杜析杓心底仍小小扼腕了一下。但既然都特意徵求葉堇薰的意見了，那還是照他的想法比較好。

不得不說，葉堇薰一開始就把他看穿了。

也許是察覺到杜析杓臉上微妙的變化，葉堇薰又開口：「但我對報告有一個想法。」

「你說。」

「難得這次作業我們是兩個人，不如這第二個版本我們用演的，當作額外的補充，你覺得如何？說不定還可以加分？」

「好像可以耶。第一個版本用來正式報告，第二個版本我們用演的，就當作娛樂大家好了！」

杜析杓才不管加不加分呢，聽見能報告喜歡的主題，馬上神采奕奕。

不錯不錯，這樣報告就不是單方面的述說，而是能與同學互動的方式。如此一來，葉堇薰也可以更快融入班級。

「那就這樣決定了。」

看著眼前閃閃發光的人，不知怎麼地，葉堇薰心情也跟著飄然起來。

「OK。」杜析杓頓了頓問，「不過你想演哪個角色呀？」

「當然是阿波羅，你是達芙妮。」

「噯！不公平，爲什麼是我演女的？」

「我有憑有據好嗎？你自己看。」葉堇薰往報告的屬名一指，「你的名字，杜、析、杓。三個字都有木，所以變成樹的是你，你妥妥地就是達芙妮。」

「什麼？」

杜析杓張著嘴，瞪眼一瞧。

還眞的，自己的名字都有木字邊。寫名字這麼多年，他還眞的從沒在意過。

他下意識看了眼葉堇薰的名字。好樣的，這傢伙名字都冠草字頭，彷彿是戴了月桂葉的阿波羅，天生就是文武雙全的命格。

居然還沒開始就輸了，世界上總有人從取名就贏在人生起跑點。

杜析杓一邊想，一邊感嘆自家老媽命名失策。

「這、這也太剛好了吧？傳說中的命中注定？」

「哈，看來就是這麼剛好嘍。」

「好吧！看在你剛轉來的份上，這次就讓你吧。」杜析杓妥協說。

雙方一來一往地聊了起來，夜晚悄悄降臨，此時走廊外的夜間照明自動開啟，提醒兩人該離校了。

「天啊，居然這麼晚了。」杜析杓驚呼。

「對呀，不知不覺就這個時間了。那貓……沒人出來找……怎麼辦？」葉堇薰含著擔憂的語氣道。

等到現在，不但沒聽見住戶出來尋貓的聲音，連一隻經過的流浪貓都沒看見。

「還怎麼辦，只能先帶回家嘍。」杜析杓聳聳肩。

「你家能養？」

「我們家有五隻貓喔，而且我媽媽是超級貓奴。原本是有六隻啦，可惜其中一隻因爲年紀大了，先去當小天使了，所以我想我媽應該不介意再添加新成員。」

杜析杓揹起背包，一邊將小貓撈起。

「你們可以養的話就太好了。」葉菫薰鬆口氣，露出安心的微笑。

「對了，說到天使……我決定了，緣分難得，就叫你邱比特吧！你好啊，邱比特先生。」杜析杓聯想到剛剛的美術報告，搓著小貓軟綿綿的肉球手手，正式宣布牠的名字。

「什麼邱比特先生？牠是母的吧！」

「咦？眞的耶。哈哈哈哈。」杜析杓先是愣了一下，檢查後大笑出聲。

「受不了。」葉菫薰無奈看了一眼杜析杓，溫柔地撫摸著貓咪的頭輕聲說道：「邱比特妳要乖喔，雖然是他是少根筋的主人，但是妳一定會很幸福的。」

也不知是不是葉菫薰的聲音太有魔力，只見邱比特不停摩蹭他的手，發出呼嚕呼嚕的舒適聲音。

「喂喂喂，邱比特先生，妳也太現實了吧？爲什麼對我就到處咬，對他就呼嚕嚕啊？是我要養妳耶。」

嗚嗚嗚嗚嗚……可惡，果然生物都愛帥哥嗎？

回家後他要跟老媽嚴正抗議，爲何自己名字沒有草字頭？

就這樣，兩人一路走到公車站，暢談天南地北。聊起荷蘭的風景、台灣的夜市，發票中了一千萬要怎麼花等等平凡又無謂的瑣事。

於是，杜析杓知道了葉董薰有八分之一荷蘭血統，而葉董薰知道了杜析杓家從曾曾祖父那代開始，就一直有養貓。

兩個初相識，原本有些距離的男孩，在這天對彼此敞開了心扉。

時序流轉到現在，葉董薰坐在沙發上，凝視著手裡杜析杓的名片，眼角透著笑意。

那一日，杜析杓脫口而出，說他們是命中注定。

說者無心，聽者有意，這句話就這樣留存在葉董薰心底。

他拿起手機，將杜析杓的號碼輸進聯絡人裡。

◆

「你搞屁啊！是在跟我開玩笑嗎！」

一道爆裂的吼聲鋪天蓋地地炸開。破音聲震耳欲聾，嚇得人心惶惶，每個人同情的眼神都不斷飄向站在主管座位前的杜析杓。

「什麼叫做不出來？做不出來，你這個月吃土算了，好不好？」

只見一個留著山羊鬍，配戴老式無框眼鏡的中年男子朝杜析杓不停飆罵。

「我可以不領津貼。」杜析杓盯著腳尖微聲說。

「領個屁津貼！怎樣？公司請你來是要兩手閒閒領底薪的嗎？」

「報告主管，我是因為家中突然有要事，需要請假，這個案子真的沒辦法如期完成，所以趕緊向您報告，希望您能幫忙……」

「幫什麼忙？幫你擦屁股啊？」山羊鬍主管不屑地瞥了一眼，嗆道。

「……很抱歉。」

「抱歉？抱歉有屁用？你說抱歉，案子就會自己完成啊？你有沒有腦子！」

原來是杜析杓手上有個餅乾包裝的案子，原本進行得很順利，眼看就要到收尾階段了，但是自從去藍法甜時開會、與葉堇薰重逢後，杜析杓源源不絕的設計點子瞬間乾枯，對著電腦足足發呆了一個星期，連半滴想法都擠不出來。

萬般無奈，他只好跟主管坦白自己無法按時出稿的事，希望尋求上級的幫忙。殊不知救兵沒討到，還被狠狠刮了一頓。

山羊鬍主管從高中開始攻讀設計，一路讀科班到碩士，相當鄙視夜校畢業、半路出家的杜析杓。自杜析杓進公司以來，心高氣傲的主管總是藉機刁難，有一點小事就緊咬不放。幸好杜析杓接手的食品設計都深受好評，山羊鬍主管才漸漸消停下來。

但可想而知，工作上的干預是少了，可他心中的不平隨著杜析杓表現漸佳，是有增無減，老早就想給杜析杓一記下馬威了。

哈！難得今日這小子主動告知無法完成工作，這從天上掉下來的槍，不撿白不撿，於是主管砲火全開，發洩式地對著杜析杓一通大罵。而杜析杓自知有誤在先，也不敢多解釋什麼，只能默默承受山羊鬍主管的怒氣。

「真的很抱歉。」

杜析杓再次鞠躬表達歉意，但山羊鬍主管毫不領情。

「沒事沒事，畢竟你不是穩紮穩打學上來的，果然連按時完稿的能力都沒有，這樣的表現正常、正常，我不意外。」

聽聞這番酸言酸語，杜析杓心裡難過極了。他入職三年，若有不懂的地方都會和同事虛心請教，不恥下問，向來準時交件，今天還是第一次無法按期完成稿件。被如此惡性批判，像是將他過去所有的努力都抹煞掉一樣。

想到此，杜析杓的鼻頭不由得泛酸。

山羊鬍主管不管杜析杓保持著九十度鞠躬的姿態，依舊劈哩啪啦、胡亂謾罵，字字鏗鏘有力，重音句句到位。若不說，旁觀者可能會以為山羊鬍主管專學戲劇呢。

「報告主管。我的案子今天可以交件，阿杓手上的我可以幫忙。」

與杜析杓同期的曾禎看不下去，自動攬下工作，想給雙方一個臺階，同時截停這不分青紅皂白的罵聲。

只不過山羊鬍主管似乎還沒說盡興，不想太早下舞台，對於曾禎的提議充耳不聞，連帶一起嘲諷進去。

「曾禎，你也半斤八兩，有美國時間幫別人，不如把手上的案子再檢查一遍，別像上次那樣長寬搞錯又出包了。真不知老闆當初在想什麼，怎麼會放你們這種半調子進公司。」

杜析杓遞給曾禎一個歉疚的眼神，而曾禎只是跟他微微擺手，要他別在意。

「怎麼啦？我當初怎樣啦？」

這時，一道中年男子的聲音由後方傳來，打斷罵在興頭上的山羊鬍主管。

「老、老闆？老闆您不是去出差嗎？哈哈哈。」

「老闆好。」

見老闆突然現身，員工們紛紛點頭打招呼，山羊鬍主管則嚇得立刻起立。

「出差很順利，所以提早結束了，一早就趕回來。」老闆慈眉善目，笑咪咪地走到杜析杓和曾禎身邊。

「這樣啊，您辛苦了，這趟商談沒太累吧。」

「我一出高鐵就不停打噴嚏，還以為過敏了，原來是設計主管太擔心我了。」

「應該的，應該的。」

山羊鬍主管不停搓著手，頻頻鞠躬哈腰。

「謝謝你的關心。是說怎麼了？你們發生什麼事啦？」老闆和藹地問。

見老闆詢問，山羊鬍主管避重就輕地將事情重訴一遍。把杜析杓無法交稿的事加油添醋，小事化大，大事化無限大。

「嗯嗯，這樣啊，原來如此。」明白事情的來龍去脈，老闆沒追問更深的原因，反而直接下了命令，「我看這樣吧。小杜既然開口了，就一定有難處，我贊同案子由小曾接手，沒問題吧。」

「當然沒問題，我知道了。」曾禎點頭。

「對了，小杜。你剛剛說家裡有要事，那需要幾天假處理？兩週夠嗎？」老闆說。

沒想到老闆會主動放行，杜析杓眼神游移了幾下後點頭：「嗯……可以，那請允許我請假兩週。」

「嗯。去吧！不過藍法甜時的案子是指定你，這就有點難辦了……」

老闆懸而不語，若有所思地環視辦公室一圈。

「請等一等！藍法的案子我會負責到底的。拜託這案子務必讓我做，我就算沒進公司也會好好執行的。」

眼看重要的案子可能易手，杜析杓緊張到不行，衝到老闆面前懇求道。

老闆笑了笑：「那藍法的案子還是拜託你了，希望你的私事能順利解決。」

「我會的。」

對於老闆的體諒，杜析杓露出感謝的眼神。

「很好，那事情就這樣決定了，大家繼續忙吧，不打擾各位了。」

老闆拍手幾下，表示散會，出門前看了眼默不作聲的山羊鬍主管。

第四章

午休時間，同事們都外出覓食了，熄燈的辦公室中，只剩下兩抹埋頭工作的身影。

杜析杓為期兩個的假期從下午生效，他要盡快將手上的工作交接給曾禎。兩人忙碌了一上午，終於趕在午休結束前交接完畢。

算著離下午開工還有半小時，曾禎決定去便利商店挑一點東西果腹，順道送杜析杓下樓。

「怎麼啦？最近生活不美麗喔？」

一進電梯，曾禎便開口詢問。

「生活哪是不美麗……根本整形失敗了好不好……」

杜析杓大嘆一口氣，無奈地按下關門鍵。

「你到底發生什麼事了？是你家人怎麼了嗎？」

曾禎與杜析杓相鄰而坐好幾年，恰巧兩人生日又同年同月，相識沒多久就成為無話不談的朋友。

今日早晨才踏入公司，曾禎便發現杜析杓的臉色不對勁。他本來想問，殊不知還沒開口，杜析杓就被山羊鬍主管叫走，罵個狗血淋頭，接著又忙著交接，根本沒空關心。

「我的家人很好，我爸媽在國外玩得可開心了。」

「那你就直接講嘛！你朋友我很擔心耶。」

「哎呦，我不是不講，但你朋友我也是一言難盡嘛。」

「既然一言難盡就說幾句啊，又不是叫你講五言絕句。」曾禎翻了白眼，忍不住吐槽道。

以往甜點零食的包裝案，杜析杓閉著眼睛做都能過關，這次在最後關頭舉白旗實在不尋常，他是真的很擔心。

「我……這……」一番糾結後，杜析杓終於吐實，「從上周末開始，我就吃不出任何味道了……去看了醫生，說是我患了味覺失調症。」

杜析杓的設計發想，有很大部分是依靠品嘗甜點時得來的靈感。嚐不出甜點的味道，就等於失去了一直以來用於創造設計的靈感來源。

「味覺失調？怎麼那麼突然？」

曾禎大為驚訝，音量不自覺拔高，嚇到正巧進電梯的路人。兩人帶著歉意步出電梯，朝便利商店前進。

「我一發現吃不出味道後，立刻就去看醫生了。但也查不出原因，醫生說可能是壓力太大導致的，所以我才想說乾脆請假幾天，帶邱比特去走走，放鬆一下心情。」

「壓力大？上周末……不就是你去藍法甜時開會的時候嗎？」曾禎思索半晌，又問，

「奇怪，藍法的案子有那麼棘手？還是對方的人太機車？」

怎麼杜析杓只是去開個會而已，就壓力爆表？

「……你聽過葉堇薰這個人嗎？」杜析杓突然問。

「同屆的人應該無人不知吧。」曾禎想都沒想，立刻秒答。

他對這號人物可是印象頗為深刻，當年葉堇薰的顏值風靡高中生群，即便不同校也一定聽過他的名字。那時曾禎暗戀的女孩子還衝去葉堇薰的學校向他告白呢，害他傷心了好一陣子。

「其實這次藍法的對應窗口就是他。」

「哇靠！不會吧！你該不會是因為顏值被他屌打，所以信心崩潰，導致失去了味覺吧？」

「我——」

「Come on！不要灰心，在現今顏值是王道的世界裡，還是有人會看內在的。我家皇后娘娘就是欣賞我的內在。」沒等杜析杓解釋，曾禎自顧自地說著，還猛力挺起胸膛，大力拍了幾下，不過下一秒他就面露疑惑，尷尬地咳了幾聲：「咳咳……嗯那個……雖然不知道貴圈是不是三觀同理，但你要相信自己還是有行情的。」

「哎呦，你在說什麼啦！我又不是被他的顏值傷到自尊，他的臉我早就看習慣了，我跟他高中同班耶！」

「哇靠！世界這麼小！他是你同學？」曾禎震驚。

「他不只是我同學好不好，我們以前……還交往過……」

後面的話，杜析杓說得很心虛。

「原來他是你男友？」曾禎再次震驚。

「是前男友。」杜析杓出聲更正。

「難怪。我大學時就聽聞很多女生自稱是他女朋友，卻沒有半個證實的，原來他是個老攻！」

「你怎麼篤定他是攻？」

「我實在很難想像他菊花盛開的樣子，你還比較容易想——」

「不要擅自幻想別人的菊花！！」

杜析杓大聲喝止，阻斷曾禎的幻想。兩人的成人對話引來店裡的其他女孩偷笑，杜析杓瞬間紅了臉。

「都是你啦！」

「不過我還是很難想像菊花盛開的畫面。而且啊，男生不是只能用屁屁嗎？感覺菊花會很痛——」

身為跆拳道鋼鐵直男的曾禎，怎樣都無法想像男人跟男人到底要怎麼進行床上運動。他特意壓低聲音，但開口閉口都是菊花，讓杜析杓聽不下去。

「夠了你，再說我勒死你喔。」

「饒命、饒命，我知道錯了、我錯了，大人饒命！」

杜析昀聽見差點沒吐血，作勢用手勒住曾禎的脖子威脅道，而曾禎也很配合地佯裝求饒，兩人像小學生一樣在便利商店中吵吵鬧鬧。

「是說，只是重逢前任，壓力真的這麼大嗎？」脖子得到自由後，曾禎不解地問。雖說「前任」這種生物永遠是每個人心中一個解不開的結，但是也不至於到憂鬱成疾吧。

「如果只是單純遇見的話啦……」杜析昀眼神閃爍，低下頭，「不過……你不是也知道，我去法國後一直沒通過甜點師考試的事嗎……」

「嗯。」曾禎點頭，他記得以前講過這話題，「但這跟葉堇薰有什麼關係？」

沉默一下，杜析昀幽幽開口：

「說我做的蛋糕很難吃的人就是他啦！我永遠都記得他衝去垃圾桶前吐掉的畫面，之後每次甜點考試，我都會想起那一幕。」

高三就快畢業，杜析昀即將出國的前夕，他與葉堇薰說好要一起慶祝葉堇薰的生日。他還特地烤了一個小蛋糕帶到學校，想偷偷給對方一個驚喜。

殊不知這份驚喜變成了驚嚇，嚇到的還是自己。

杜析昀本來打算躲在暗處，在看見葉堇薰吃下第一口後驚喜現身，沒料到，他迎來的不是葉菫薰嘗出美味的表情，而是他抓著垃圾桶大吐特吐的景象。

「我那時才知道，他根本不吃甜食。」

「不吃甜食的人現在在藍法工作？幽默喔。」曾禎調侃說。

「好笑吧。可見他以前誇我做的甜點好吃全是在說謊。」

「但是他幹嘛說謊？又沒必要。」

「騙交往啊，畢竟男生方便，又不用擔心懷孕。那時候有同學和男生交往被發現了，葉菫薰和其他人聊天時就自己講過，說和男生在一起只是為了洩慾。」

對，洩慾。

葉菫薰對他，就只是單純洩慾而已。

「小時候太天真了，別人說什麼就信什麼，我從來沒懷疑過他。」杜析杓自嘲。回憶起過往，連他自己都嚇了一跳，意外地對當時的細節記憶深刻。

初次聽聞朋友的戀愛血淚史，曾禎不由得感嘆。當眾聽見戀人說自己只是用來洩慾的工具，任誰都會深受打擊吧。只是現在這情況，要安慰太遲，要鼓勵似乎也不合適，他想了想後提議道：

「噯，阿杓，我說你要不要試試看直面心魔？」

「直面心魔？什麼意思？」杜析杓不懂。

「記得我跟你講過，我和我家皇后娘娘是網戀奔現的嗎？」

曾禎與老婆是在遊戲中結識的，穩定交往兩年後，在上個月成功抱得美人歸。

「所以呢？」

「其實一開始皇后娘娘說要不要見面，我還不想去呢。」

他們選了幾樣東西結帳，在等待食品微波的期間，曾禎滔滔不絕地說起自己在網路上遇到騙子的血淚史。

他第一次和網友見面就遇到超級大雷包，那天與網友碰面吃飯的時候，對方全程都在訴說母親生病住院的事，甚至直接開口借錢，最後曾禎察覺不對，藉口尿遁溜了。

「我傻眼耶，她行為詐騙就算了，連傳來的照片都嚴重不符，根本照騙、詐欺！」曾禎講到心痛處，越說越激動。

「你不要攻擊別人長相啦。」

「也不是我有意攻擊別人的長相，但……那位網友長得就很像被攻擊過啊……」

「這麼慘。」

聽見曾禎水深火熱的敘述，杜析栒忍不住蹙眉，試著想像何謂被攻擊過的長相，但腦中只建構出一團模糊的馬賽克。

兩人坐在內用區，一邊吃一邊聊。

在那之後，曾禎有好長一段時間都不敢和網友見面，深怕不小心被當成冤大頭。直到遊戲公會舉辦網聚，在多人連番邀約之下，他才同意出席，一出席就遇見了命中注定的老婆。

「我看到她的第一眼，就知道是她了。」曾禎沉浸在與老婆初相見的甜美回憶裡，眼中滿滿皆是濃情。

「呃……你的意思是，當年你直面心魔，再度挑戰與網友見面，才有緣跟老婆結婚，是嗎？」杜析杓思考幾秒，將曾禎的一長串精簡扼要成兩句話。

「沒錯，你有慧根。所以你試著直面心魔看看，說不定你再見到葉董薰，把話說開，你的味覺就回來了，反正你們工作時還是要碰面的。俗話說解鈴還須繫鈴人嘛。」

「你以為這麼簡單喔。」

杜析杓大力吞下一口氣，真是有苦說不出。

這話說得容易，心結要是這麼好解，也不會糾結十年了。

只是失去味覺是一回事，工作還是要繼續，老闆都那麼體恤他，放他好幾天假了，他可不能辜負老闆的好意。更何況，與藍法甜時的合作案是他夢寐以求的，說什麼都要把握住。

「別想太多。一個蘿蔔一個坑，好好揮別過去，你總會找到適合自己的蘿蔔的。」

「這算祝福嗎？」

「當然。」

曾禎一臉眉飛色舞。

「那還真是謝謝你喔。」

與曾禎在店門口道別說拜拜，杜析杓獨自走在前往捷運的路上，思考放假這幾日，是不是該帶邱比特先生去一趟久違的戶外散步。

或許是與他人提起過往的緣故，杜析杓腦中不斷浮現很久都不曾想起的事。

記憶裡，最先說要帶貓出去散步的還是葉堇薰……

沒想到一眨眼，十幾年過去了，一切宛如夢境那樣遙遠，又彷彿昨日剛發生。

「唉……誰年輕時沒遇過幾個渣？曾禎說得對，該好好揮別過去了。」

杜析杓自言自語，感嘆著自己年少輕狂時，手機發出訊息通知。

滑開一看，正是葉堇薰。

「真是說曹操，曹操就到。」

前一刻才與曾禎提起葉堇薰，那傢伙的訊息就傳來了。

訊息裡，他約他見面。

◆

一推開門，杜析杓就聞到令人愉悅的甜味。

眼前的店鋪坐落在鬧區街口的轉角地帶，兩側的大片採光使店內明亮淨透，牆面與櫃檯粉刷上淡淡的紫藍色，與自然的太陽光融合出夢幻柔和的氛圍。

杜析杓沉醉在各式繽紛蛋糕以及歐洲風格的裝潢中，彷彿置身於法國的甜點店，內心有股說不上的雀躍。

他很早就想來藍法甜時的店面朝聖了。只不過每每前來，看見一群女孩子滿出店面的景象，心裡都有點不好意思，總是臨陣退縮。

「析杓！你來了！」

這時葉堇薰的聲音傳入耳邊，阻斷了杜析杓的亢奮心情。

杜析杓調整了一下情緒，鎮定地向葉堇薰微微點頭。只見葉堇薰面容爽朗地脫下腰間的圍裙，走出櫃檯迎面而來。

今日杜析杓正是為了補嚐前次開會時缺少的甜點，而來到藍法的店鋪。

「剛剛來的時候人潮很多，櫃臺有點忙不過來，我就幫忙了一下。現在沒問題了，我們坐那邊吧。」

看到杜析杓的視線盯著手中的圍裙，葉堇薰笑著解釋。他指了店內窗邊最角落的座位，並替杜析杓拉開椅子。

「等我一下，我去把甜品拿出來。」

說完，葉堇薰進入後面的烘焙室，見他途中還親切地與女店員談笑幾句，杜析杓心頭莫名感到微酸。再次見面，雖未到舊情復燃的狀態，但親眼目睹這一幕，他仍不禁有些悵然若失。

葉堇薰對異性陽光健談的樣貌，是自己從未見過的一面。

深深吁了口氣後，杜析杓別開眼，抬頭凝視窗外。

午後陽光明媚，他依稀記得以前藍法的店鋪是一間頗有風情的二手書店，而對街是一整排的小吃攤。如今物換星移，小吃攤被一間間設計新穎的網拍服飾店取代，而古書店的書香氣息也不復存在。

也是呢，多年過去，整條街都換了景色，人當然也會變。

即便葉堇薰在學生時期不善與女孩相處，但此刻看著他與異性愉悅暢談的樣子，證明葉堇薰也不是從前那個對周遭充滿戒心的轉學生了。

只有自己還停滯不前嗎？

杜析杓沉浸在自己的思緒中，直到葉堇薰好聽的嗓音打斷他的惆悵。

「想什麼呢？」

「當然是想工作嘍。」他隨口回應。

「要來壺花草茶嗎？」

葉堇薰順勢詢問，將一盤繽紛的馬卡龍和幾樣蛋糕放到桌上，這些都是前次沒能出現在會議上的主廚新品。

「好。」

杜析杓掃了眼滿桌甜食，點點頭，的確是需要一壺茶潤潤喉。

兩個男人在裝潢粉嫩的店裡，十分引人目光，尤其是葉堇薰，天生褐中帶紅的髮絲讓本就生得好看的他更引人側目。不過杜析杓已經習慣與葉堇薰在一起時，總是會感受到旁人愛慕的視線，倒也沒太在意。

茶點上齊後，兩人直接進入工作模式，沒有多餘的題外話，讓杜析杓鬆了口氣，認真聽著葉堇薰講解著藍法甜時的新商品。

「年末新上的杯子蛋糕雖然是限定品，不過公司有意願在之後納入常態商品，所以會跟著淘汰掉一些舊品項。法國總部的意思是，希望藉由這次添新包裝的契機，連舊有的紙盒都全面更改。」葉堇薰滑動平板，一絲不苟地說明。

「這是大工程啊，上次開會怎麼沒提呢？光是杯子蛋糕，單個裝和多個裝的紙盒內部結構就完全不同了。」

一聽案子有這麼大的更動，杜析杓有些慌。縱使沒有靈感，單純幾樣包裝變化他還頂得住，不過依照葉堇薰現在的說法，是全部甜點品項都要重新規劃。

「很抱歉，這項決定是總部幾天前才通知的，我們經理前天有跟貴公司通過信件，你們老闆說沒問題的，你ＯＫ。」

「什麼？我們老闆說我ＯＫ嗎？」

乍聽此事，杜析杓滿臉錯愕。

「我以為你知道。」葉堇薰一邊說一邊皺眉。

「我……我不知道啊。」杜析杓的眉頭揪在一起，委屈巴巴的，像極了受到欺負的小奶狗，「這樣時程變得很緊迫，我擔心時間不夠，東西不完整。」

嗚嗚嗚嗚嗚……薑果然是老的辣，原來老闆早就計算好了，他願意給假，是因為知道藍法的案子有大更動，無論自己有沒有出勤都會做到死嘛。

注意到杜析杓心裡的不安，葉堇薰勾起嘴角，出言安慰：

「別慌張，我會幫你的。」

即便問題尚未解決，可葉堇薰只說一句話，便紓解了杜析杓緊繃的心緒。

發現自己被前男友安慰，杜析杓緩和的心情急踩剎車，尷尬地咳了幾聲，轉移話題：

「話說回來，我記得你那時不是推薦上了設計系嗎？我以為你會朝設計業發展，怎麼後來跑去當企畫？」

接連兩次談話中，杜析杓注意到葉堇薰相當注重配色，五句話中有三句都是在強調甜點蛋糕的顏色要與包裝色調相互和諧。這點讓他想起，葉堇薰高中提過的志願是平面設計師，心中頓時升起一絲疑惑。

「你記得？」

聞言，葉堇薰表情一怔，眼眸閃過一道異彩。

「呃……就……只是剛好記得。」

像是講錯話似的，杜析杓眼神閃躲，侷促地縮了縮肩膀。

似乎有一股暖流在心口擴散，緩緩浸透葉菫薰的胸腔、全身，他眼眉間帶著溫柔的氣息，露出一抹淺笑回答：

「沒什麼，就自然而然沒走那條路而已。」

為什麼沒走設計這條路呢？

葉菫薰自己也答不上來。

那年他決定重考，在填寫志願時，偶然在新聞上看到法國知名的甜品店要來台灣擴點、招募各職人才的消息，他霎時內心一陣激動。

不會做甜點不要緊，只要進入和甜點有關的行業，那總有一天會再相遇吧。他腦中浮現這道想法，幾乎沒有思考便報填了企管系，並在學生時期積極參與藍法公司提供的所有實習機會。

年少單純，以為「總有一天」很快就會到來，沒想這一等就是十年。

然而人算不如天算，他們就像互換職業一樣，夢想成為甜點師的杜析杓進了設計界，而對設計有興趣的他則入職了甜點公司。

不過幸好，幸好在平行了多年後，他們總算交會了。

葉菫薰終究等到了「總有一天」的這日。

「我也記得，你以前很愛吃甜鹹味道的蛋糕，不過今天提供的海鹽巧克力你一口都沒有吃。」

桌上的海鹽巧克力蛋糕並不是今日要吃的新品，純粹是因為杜析杓喜歡，所以葉堇薰一併拿過來的。

喜歡是喜歡，只是……

杜析杓看著自己的愛物，面露難色。

「你怎麼了？不舒服？」葉堇薰的語氣裡含著一絲旁人難以察覺的憂心。

「不是。」杜析杓搖頭。

「還是說口味變了？」

葉堇薰笑了笑，繼續問道，不過他的猜問卻使杜析杓胃部隱隱抽痛起來。

猶豫了好一會兒，他下定決心，抬頭直視葉堇薰說：

「其實我今天來，除了討論工作，主要還有件事私事想商量。」

一聽到杜析杓說有私事要談，葉堇薰眉尾抽動，身軀不自覺僵硬。

他和杜析杓之間的私事只有一樣。

「你說。」

杜析杓深呼一口氣，攤牌說出自己的味覺出了問題，不知道何時會恢復。

身體驟然出現狀況讓他措手不及，吃也吃不好，睡也睡不安穩，腦袋遲遲無法集中。

雖然他非常珍惜藍法的案子，可他也誠實相告，對這突然多出來的工作量實在沒有把握。

杜析杓一邊說，忐忑地看向對坐的人。只見葉董薰沒有因工作可能會被耽誤而面顯憂慮，反倒露出十分驚訝的表情。

「嗯……我知道我現在講的話有點不負責任，但這確實是我現在的情況，如果——」

杜析杓以為是自己太像藉口的理由使葉董薰感到傻眼，焦急地補上解釋，豈料葉董薰出聲打斷他。

「你什麼時候發現吃不出味道的？」

「咦？」

「我說，你是什麼時候發現吃不出味道的？」

葉董薰正色再問一次。

「上次開會的時候。」杜析杓眨了眨眼，誠實地說，「其實上星期那次會議時的甜點，我就吃不出味道了，我當時以為是因為你在場的關係，所以食不知味，誰知道過了好多天，我連鹽的味道都嚐不出來，去看了醫生，才確定是味覺障礙。」

「那次開會是嗎？」

葉董薰垂下眼，思忖了半晌。

「對啊……怎麼了？」

「我在想你應該不是味覺障礙。」

「不然是什麼？你是醫生嗎？」杜析杓吐槽。

「雖然有點天馬行空……但我在猜，會不會是我們互換了味覺？」

「你說互換了什麼？」

「互換味覺。」

「啊？你說什麼？」

杜析杓覺得眼前的人說的應該是中文，但自己就是沒聽懂。不過葉菫薰隨後說的話，讓杜析杓越聽嘴巴張得越大。

「有件事我沒和任何人說過……老實說……我天生有味覺障礙，從小就吃不出任何味道。」葉菫薰停了一下，似乎在等杜析杓的腦袋上線，「但自從那天之後，我居然開始能吃出味道了。我原本以為是我太累，出現錯覺，不過似乎不是這麼一回事。」

「請問你現在跟我講的是電影情節嗎？」

「你覺得呢？」葉菫薰反問，點開手機，秀出一份報告的翻拍照，「我甚至接受了專業的嗅味覺測試，一切正常，我當下還傳給我爸媽看。」

聽完葉菫薰這麼說，又看到醫療報告上大大印著台灣最高醫院的印章，那紅紅的院章與自己檢測報告上的一模一樣，杜析杓覺得兩眼昏花，啞然地說不出話來。

NONONONONO！什麼交換味覺？

未免太荒唐了吧！

「哈！怎麼可能？」

「我們重逢的那天，你失去味覺，而我從那天開始突然有了味覺，能吃出所有味道，情況恰好相反。」

杜析杓頻頻搖頭，但隱約又覺得不無可能。想著想著，他似乎猛然想到什麼，從包包裡拿出一袋餅乾。就算現在失去味覺，隨身帶著一小包自己做的餅乾已是他多年的習慣，吃不出味道也能及時填填肚子。

「你吃吃看這個。」

杜析杓選了一片薄餅，堵到葉堇薰嘴邊。

似曾相似的片段瞬閃即過，葉堇薰會心一笑，張口輕輕咬下。

「什麼味道？」看著對方咀嚼吞嚥，他急切地詢問。

「是咖哩？」

那塊餅乾是阿章哥教他做的咖哩口味餅乾，麵身的咖哩味很濃郁，不過他總覺得少了什麼，於是添了一小撮肉桂粉來提味。但他加的量非常稀少，烤成餅乾後連阿章哥跟筱言姊都吃不出來，是只有他自己才嚐得出來的口味。

「還有呢？」杜析杓追問。

「嗯，有一股味道……我說不上來……其實我還在學習每個味道的感受和稱呼，不過這味道，昨天的蘋果派好像有吃過？」葉堇薰坦承自己的學習進度，說著他停了下來，片刻思索後，「這味道……是叫肉桂嗎？」

聽到正確答案，杜析杓徹底傻住，不自覺地吞了吞喉嚨。

不會吧……難道他們真的交換了味覺？

「我答對了？」

見杜析杓臉色慘淡，葉董薰確定自己說中了。

「這到底是怎麼回事？也太扯了……就算真的是交換了好了，原因呢？為什麼？」杜析杓喃喃自語，依舊難以置信。

「因為接吻？」

「接——」

杜析杓猛然抬起頭，一眼看見對方嘴角上那一小塊淡淡的瘀青，赫然想起那重逢當天開頭的情景。

葉董薰眼底帶著令人沉醉的溫柔問：「要不要試試再吻一次，說不定就能換回來？」

「你想太多了。」

想都沒想，杜析杓立刻否決。

為什麼他非得和前男友接吻不可？真是莫名其妙。

「哈囉～不好意思，打擾了。」

突然有一位女服務生走到桌旁，打斷兩人的談話。

「請問有什麼事嗎？」葉董薰禮貌地詢問。

「沒什麼啦，不是工作的事。只是我們幾個要下班了，想說你等等有空嗎？要不要跟我們去唱歌呢？」女服務生說著，轉身比向櫃臺的幾個女孩，補充道：「對了，你朋友也可以一起來喔～」

很顯然，女孩對杜析枃的邀約只是附加，害他一時有些尷尬，只好低頭猛吞蛋糕，裝作沒聽見的樣子。

「謝謝妳們的邀請，不過我還有工作，等等必須回公司。」葉堇薰看了看錶，露出親和的笑容。

「這樣子啊～工作辛苦了。那，下次有機會的話再約你喔！」女孩搖了搖手機。

「希望妳們唱歌愉快。」

雖然邀約失敗，但收穫了一枚葉堇薰逆天的微笑，女孩臉上難掩欣喜，像個小迷妹一樣不斷揮手，久久才離開。

就在女孩轉身、遮住他們兩人的瞬間，葉堇薰舉起平板擋在側臉，傾身在杜析枃的唇瓣上輕啄一口。

這個吻來得太快又太突然，杜析枃目瞪口呆，一下子沒反應過來。等他回神，發現被偷襲時，唇上的溫度已經燙得嚇人。

他慌亂地遮住自己的嘴巴，不斷張望，查看店裡是否有人發現。

「李！李！李在諾蛇麼？屋們在跌裡耶。」（你你你在做什麼　我們在店裡耶）

杜析杓撝著嘴，說得不清不楚，不過葉堇薰仍知道他的意思。只見葉堇薰哼聲一笑，愜意地托著下巴問：「放心，這個位置是櫃臺死角。是說……不在店裡就可以嗎？」

若是要先討論能不能親，那怎麼親得到呢？葉堇薰在心裡默默想著。

「你不要挑我語病。」

「生氣前，你不先確認味覺有沒有換回來嗎？」

聽見這句話，杜析杓恍然。

對喔，比起親不親，現在的當務之急是味覺才對。

杜析杓悻悻然地看了葉堇薰一眼，半信半疑地吃下一顆超甜的莓果馬卡龍，完全沒發現自己被牽著鼻子走。

結果當然是——

沒有。

「根本沒有換回來嘛！！」

杜析杓又氣又惱，覺得自己上當受騙了。

葉堇薰跟著咬了一口蛋糕後舔舔嘴唇，輕笑說：「好像是，那你要再親看看嗎？畢竟上次是撞到，力道挺大的。要嘗試深刻一點的吻嗎？」

何謂深刻的吻？

但凡與戀人有過深度連結經驗的人，都能秒懂才是。

光聽字面而已，杜析杓本有點氣惱的情緒立即被害臊取代，白皙的臉紅透一大半，像極了抹在奶油餅乾上的紅莓果醬。

「不要開玩笑了，當、當然不行啊！而且我、我、我有男朋友了，雖然他在國外，但我不能做出背叛他的事……」

杜析杓的心情七上八下，隨口瞎編有男友的謊言，說得信誓旦旦。

「你有男友？」

聽見對方已有交往對象，葉堇薰上揚的嘴角緩緩垮了下來。他語氣平淡地反問，眼底卻閃過一道錯愕的暗影。

「沒錯！」

「他在國外？外國人？」

「對啦。」

「你們聚少離多？」

「我們怎樣跟你沒關係吧。這兩次就算是意外，不、不會有下次了！稿件我會準時交的，就這樣，先閃了。」

草草結束對話，杜析杓抓起背包，逃難似的往門口衝。

這次葉堇薰沒有追上來，他凝望著窗外杜析杓過斑馬線的身影，消失於車流之中，葉堇薰微微瞇起眼，看似無謂地喝了口茶。

茶冷了，隱約泛出薄淡的苦味。

苦澀的味道由舌尖悄悄擴散，浸染心中一隅。他拎起杜析杓忘在桌上的餅乾，一塊接著一塊，默默吃著。

不知過了多久，手機的震動聲響才喚回葉堇薰的思緒。

「喂？」

『談完了吧？哪時回公司啊？』電話另一邊，楊子默興致勃勃。

他知道葉堇薰這趟出門，表面上是商談，實際是與過往戀人相見。這樣的大瓜，當然要第一時間嗑才過癮。

「嗯，結束了。大約半小時後回公司。」葉堇薰遞出制式的回答。

『幹嘛？失戀啦？』

貌似聽出電話中人有些消沉的語調，楊子默直問道。

「嗯，或許是那麼一回事吧。」葉堇薰抿了抿唇，誠實告知，「他有交往的人了。」

『呃……真假？不過也是，都過這麼多年了，有新對象很正常啊。』

「我知道。」

『你這次不會再一把眼淚一把鼻涕，突然曠職吧？公司不像大學那麼好搞，說不來就不來的話，我會大肆宣傳你是個禁不起失戀打擊，EQ超低的小弱弱喔。』楊子默半開玩笑地調侃威脅。

「呵呵呵。」知道好友是在安慰自己，葉董薰笑了，「這次不會了。」

『沒想到你長得一帆風順，情路卻這麼坎坷。尷尬了，枉費你等了他十年。』

「是十一年。」

今年正好是第十一年。

『不管幾年，是該結束了。』

楊子默為這段遙遙無期的單戀下了結語。他不想再看到摯友埋頭痛哭的淒慘模樣。

「我知道。」

葉董薰沒有過多情緒，只是淡淡地回答。

結束通話後，他繼續吃著餅乾，舌頭彷彿又回到嚐不出味道的時候。

第五章

天啊！現在是什麼情況？

他們竟然又接吻了！

杜析杓逃到大街上，兩手不停拍打臉頰。這時停在一旁的公車車身上大大印著：「我與討厭的他居然交換靈魂了！」的動畫廣告，杜析杓由頭到腳打了冷顫，頓時覺得交換味覺也不是不可能。

重點是，葉菫薰是真的吃出了一般人難以察覺的肉桂口味。

想到這裡，再看看廣告斗大的副標──

『她與他靈魂交換，兩人生活從此一團混亂！』

杜析杓無奈地乾笑幾聲，他是否要感到慶幸，好險自己交換的不是靈魂，可喜可賀？

他腦袋空空，拖著蹣跚的步伐穿梭在都市叢林中。一下子發生太多事，腦細胞死了不少，連帶身體也感到疲累不已。當他恍神之際，背後猛然傳來激烈如海嘯警報的喇叭聲，嚇了杜析杓一大跳。

「紅燈耶──媽的！找死嗎！」

「對不起……」杜析杓臉色蒼白地道歉。

差點變成肇事主，憤怒的駕駛飆起國罵，丟出一記殺氣滿滿的中指後呼嘯離去。

望著一秒消失的車尾燈，杜析杓心有餘悸，他按著砰跳的心臟喘了幾口氣，赫然發覺眼前是熟悉不過的校門。

他竟在不知不覺中，來到了以前就讀的高中母校。

藍法甜時的店鋪離高中並不遠，這條道路是他以前上學的必經之路。都說身體的每個細胞都有記憶，沒想到在他大腦渾噩的時候，自己的雙腿會自動帶他來內心眷戀的地方。

從陳舊的欄杆望入校內，杜析杓看見正在打籃球的學生們，多年過去，籃球場沒什麼變化，只有在場邊加設了一處小小的遮陽棚。他晃了一眼校舍，教室樓牆外五彩繽紛的花磚還保持著活力四色的樣子。

一切似乎沒有變……

如今在籃球場的學生們，一定也有人正在交往或……偷偷喜歡著某個人吧？

在青澀的年紀，進行著一場獨屬於那段時光的青澀戀情。

學生時期的愛情，尤其是初戀，不管它是以什麼樣的形式結尾，都是每個人一生中濃墨重彩的一筆。

就算時間流轉了十幾年，那年秋天，在那間教室裡發生的事，一景、一幕，連飄盪在空中稍微乾燥的空氣，還有佇立在窗外的桐花樹，杜析杓至今仍記憶猶新，高中時的景象宛如滴了顯影劑般浮出腦海……

◆

「今天沒有點心嗎？」

葉董薰忽然開口，讓杜析杓不由得心顫了一下。

又是一個星期五放學的午後，下課鐘剛響，同學們一溜煙就不見人影了，整棟樓空蕩蕩的，只剩幾個人還在籃球場上搏鬥。

數間高中聯合舉辦的學習交流會即將到來，葉董薰與杜析杓因爲在美術報告中演出了「阿波羅與達芙妮」的橋段，被老師推選爲參加交流會的一員，希望能在大會上將這段報告戲劇精緻化。

這段時間，放學後他們總會留下來一起排練交流會的演出。平常這個時間點，杜析杓總會拿出自己做的甜點當點心和葉董薰分著吃，兩人邊吃邊討論。

但今天眼看都快到離校時間了，始終不見杜析杓把點心拿出來。

「……今天忘了帶。」

杜析杓遲疑了兩秒後回答。

「是喔。」

葉董薰無趣地應了聲，瞥了一眼杜析杓椅背上那包圓鼓鼓的提袋。那是他平時用來裝甜點餅乾的袋子。

發現對方視線的落點，杜析杓知道自己撒了愚蠢的謊言，當下後悔得只想一頭撞死。

杜析杓是帶了巧克力麵包條沒錯，可是他不好意思拿出來。

原因無他，正是因爲今天一大早有幾位別校的女孩特意在校門口等，向葉菫薰告白，並送上一盒精緻的巧克力。組團告白的事立刻傳遍全校，女孩們集資送的高檔巧克力更是要價不斐。

相較之下，杜析杓隨興做的巧克力麵包條就顯得廉價許多。

不過即便是隨性之作，製作過程可不隨便，裹在麵包條上的巧克力是杜析杓按照葉菫薰的口味特調的。

依照這段時間他對葉菫薰的觀察，雖說他都誇讚好吃，對口味看似沒有太大的偏好，但心思細膩的杜析杓還是察覺到葉菫薰對氣味比較濃郁的食物，胃口會好一些。於是這次的巧克力醬中，他加了一小匙萊姆酒增添香氣。

只是，正所謂沒有比較就沒有傷害，縱使杜析杓做得如此用心，看見女孩子們送的高級巧克力後，對比自己帶來的麵包條，杜析杓無論如何都拿不出手。

發現這個謊掰不下去，他只好吞吞吐吐地承認，趕緊找了另一個藉口圓過去：

「呃……我是有帶啦，是巧克力麵包條。不過我早上吃了一點……感覺有點失敗，就沒拿出來了。」

「我要吃，我餓了。」

葉堇薰修長的手指敲著桌面，語態任性又含著幾分不由他說的強勢。

「你可以吃你收到的巧克力啊。」

「肚子餓就是要吃澱粉。」

「喔！」杜析杓一愣，兩手一拍，「也對喔，吃澱粉才有飽足感。」

葉堇薰只用一句話，立刻說服了杜析杓，他傻愣愣地拿出麵包條來。

接過點心，葉堇薰立刻塞進嘴裡。

「我不覺得哪裡失敗啊。」

「喔嗯⋯⋯我覺得好像烤得太乾了一點⋯⋯」杜析杓思索片刻後答道。

「麵包條不都這樣？就是要脆脆的才好吃。」葉堇薰理所當然地說。

又是一句話，就此化解了杜析杓的自卑與尷尬。

看著葉堇薰一口接一口，吃得津津有味的樣子，杜析杓唇角彎起淡淡的弧度，心裡感覺暖了起來，雖然對方未明講，不過杜析杓還是感受到好友的暖心之舉。不僅對葉堇薰的體貼充滿感謝，同時對他的戀慕又深了幾分。

他正暗戀著眼前是朋友的男孩。

也不知是從什麼時候開始的，他發現自己做點心時總會想著葉堇薰。他細心揉麵、斤斤計較烘烤時間，小心拿捏著糖與鹽的比例，只期待葉堇薰能說一聲好吃。

起先，杜析杓以爲會渴望得到葉菫薰的稱讚，是自己的榮譽心在作祟，但漸漸地，他發現好像不是那麼一回事。

他想做甜點給他吃，這個念頭像發酵的麵團，每天每天都在膨脹。

這份心思是如此地熱切，就在他知道自己的心已爲他擱淺時，也嚐到了愛情獨有的酸澀。

因爲他們不僅是男孩，更是朋友，他想好好守護這段友誼。

愛情這東西，雖然看不見、摸不著，卻擋都擋不住。

可是就算擋不住，還是得擋住。

在發現自己的心情後，掂量著友情與愛情的天秤成了杜析杓每天最耗費心力的事。即使這份感情永遠傳遞不出去，他仍盼望自己能表達一點心意，哪怕一點點也好。因此，做甜點與葉菫薰分享成了他寄託愛戀的一種方式。

「喂、析杓，你嘴邊沾到麵包屑了。」葉菫薰一邊說，一邊比了比下唇的位置。

「哪裡？」杜析杓舔了舔唇角，又用手撥了撥，「掉了嗎？」

「你完全搞錯邊了。」

「不然在哪裡？」

「這裡。」

葉菫薰湊到杜析杓面前，輕輕替他撥去嘴角的餅乾碎屑，手指順勢勾住他的下顎，俯身靠近。

這突來的動作使杜析昀一愣。

NONONONONONO，不會吧！偶像劇裡的接吻情節要在自己身上上演了嗎？

見葉堇薰高挺的鼻梁逐漸靠近自己，杜析昀倉皇地抿住唇，緊閉雙眼。而葉堇薰的目光快速掠過眼前男孩有些驚慌的表情，隨後在他耳邊低喃：

「杜析昀，我看見你的乳頭了喔。」

「咦？」

杜析昀頓時睜大了眼，低頭一看，釦子果眞錯位一格。

「你的制服釦子扣錯了，你一整天都沒發現嗎？」葉堇薰大笑，開玩笑地說，「站在你旁邊的人只要轉頭，就能看見你粉紅色的乳頭嘍！」

「不要開這種低級的玩笑！！還有，沒有人的乳頭是粉紅色的。」

「哈哈哈哈，生氣啦？我好心跟你說耶。」

「用普通的方式告訴我可以了！」

只見杜析昀慌張地摀住胸口，清秀白皙的臉頰害臊得全染成了紅澄色，弧線分明的嘴唇更加殷紅誘人。

更正，是極度誘人。

從認識杜析昀的第一天開始，葉堇薰就不是用朋友的眼光在看他。

他想吻他。

很想。

就在剛才，葉堇薰幾乎要吻上去了，但在看見杜析杓錯愕的表情後，他立即止住。

時序步入早秋，校舍外盛開的桐花飄落，圍牆邊的樹梢換上一層淺淺的褐濁色，空氣也逐漸乾燥起來。

窗戶外幾枝分岔的樹枝，讓葉堇薰想起杜析杓救下小貓邱比特的場景。

那日午後，杜析杓爲了救貓，不顧安危爬上樹，最後還將牠收編了。

原以爲小貓會很依賴救命恩人杜析杓，卻沒想到這一年來葉堇薰收到的投訴，全是杜析杓被邱比特打入冷宮的遭遇。

杜析杓可憐兮兮地訴苦自己被邱比特各種忽視，就像遭小貓咪欺負的小狗狗一樣，葉堇薰想著，不禁笑出了聲。

「笑什麼？有那麼好笑嗎？你都不會扣錯嗎？」

杜析杓還以爲葉堇薰在嘲笑他扣錯釦子，又羞又氣地轉過身，一邊駁斥一邊手忙腳亂地重新解開襯衫。

即便他背過身，葉堇薰仍可從窗戶玻璃的倒影窺見他赤裸單薄的胸膛，還有微微挺起的乳頭，以及小巧的肚臍……

葉堇薰不自覺地滾動喉結……

視而不見是最好的，在他有意識地收回視線之前，身心卻違背了他大腦的指令，擅自行動起來。

「好啦、好啦，爲了表示歉意，我幫你吧。」

葉堇薰一邊說，一邊繞到杜析杓後方，雙臂環上比自己略窄的肩膀，手指拎住他胸前的鈕釦替他扣上。

隨著陣陣柔風，杜析杓髮梢發散出的清香縈繞在葉堇薰的鼻間，他一時失神，恍惚之間，手腕不小心擦過杜析杓胸前最羞澀的部位。

這一刻，懷中人倒抽一口氣。而葉堇薰的耳朵似乎聽見對方與自己同樣——那劇烈跳動的心跳聲。

「會被人看見啦！我、我自己來就好！」杜析杓難爲情地甩動手臂，慌忙掙脫。

被杜析杓用手肘推開，葉堇薰的表情掠過一絲哀傷。不過當他看見對方面紅耳赤、緊咬下唇，露出一抹羞怯的模樣，他有預感，自己剛才聽見的心跳不是錯覺。

「有什麼關係，都放學了，教室裡也只剩你跟我而已。」

這時，幾名打球學生的喧嘩聲從一旁的樓梯口傳來，杜析杓瞪了葉堇薰一眼，沒好氣地說：「看吧，就說學校裡還有人，要是被看見怎麼辦？」

「意思是不被看見就可以嘍。」

「你想幹嘛？」

杜析杓還在困惑時窗簾跟著秋風揚起，隔絕了他們與廊外經過的學生。

當他們身影被窗簾遮擋的瞬間，葉堇薰捧住杜析杓的後腦，在他柔軟如水的雙唇上，啄印一記飽含戀心的吻。

杜析杓被吻得呆愣住，腦袋一片空白，一時間沒了反應，扣釦子的手停頓下來。

「析杓，跟我交往吧？」

葉堇薰鬆開手，眷戀的指尖彷彿還留有對方髮絲綿軟的觸感。

他露出一抹微笑問道，大膽地跨過名爲友情的界線。

「你、你問我嗎？」

「不然你不叫杜析杓？」

「嗯，我……我是啊。」

葉堇薰笑望著眼前揣揣不安又有些害羞的男孩，伸手拉起他的襯衫下襬，爲其繫上最後一顆釦子，繼續問道：

「那回答呢？」

玻璃珠般的琥珀色眼眸明亮且眞誠，葉堇薰屏住呼吸，等著杜析杓的答案。

「我……」

只見杜析杓語帶保留地垂下頭，思考幾秒後才緩緩抬起眼，青澀地應了聲。

「好……」

獲得夢寐以求的回答，葉菫薰欣慰一笑，內心喘了口大氣。他緊緊攬過杜析杓的細頸，以溫熱的吻再次覆上他。

葉菫薰不斷輕咬著懷抱裡那雙紅潤生澀的軟唇，細細地品嘗許久，直到杜析杓的心跳越來越急促，似乎即將炸裂，他的唇才願意放開他。

那年微微起風的秋日，他們成了爲升學汲汲營營的高二生，也成爲了彼此的戀人。

◆

跨出捷運的電扶梯，杜析杓便看見前方的行人紛紛撐起了雨傘。不過休假幾日，天氣已經正式進入冬季，飄下的雨也變得刺涼冰冷。

杜析杓摸索背包好一陣子，發現自己忘了帶傘，嘴角無奈地嘆了口氣，拉起衣領就跨步朝公司的方向奔去。

雨滴打濕了他的髮梢、肩膀，等他跑到公司時，整個人幾乎濕透了。

今天是收假返回崗位的第一天，誰知一來就被淋成落湯雞。

「剛回來就這麼慘啊？」

曾禎才打完卡，就撞見杜析杓正在擦拭濕漉漉的頭髮。

「只能安慰自己遇水則發嘍！」杜析杓苦笑自嘲。

「你感覺不太ＯＫ耶，是不是瘦了啊？」曾禎看了一眼好友，不自覺皺起眉頭。

「還好吧，沒感覺有瘦啊。」杜析杓捏了捏肚子回應。

「你捏你腰上的皮幹嘛？是說……我覺得你瘦了，是因為口味的關係沒吃飯嗎？」

「你是太久沒見到我吧？」杜析杓本想說些什麼，但看見曾禎擔心的臉，話到嘴邊又嚥了回去，「我三餐都有正常吃，而且我有嘗試改善生活作息，感覺有回來一些了。」

他說謊了，其實他的味覺一耋米都沒恢復。

在休假期間，杜析杓試了很多方法想恢復味覺，無論是中藥、西藥或是針灸、推拿樣樣來，甚至求神拜佛，請乩童、算塔羅，各種方式他幾乎每樣都做了一遍，就是不見成效，他也逐漸適應了索然無味的日子。

雖然情緒低落，但生活還是要過。

就算舌頭沒感覺，肚子餓了還是能吞下東西，只是吃得沒以前多倒是真的。

「有進步就好。」

「倒是你們這幾天還行嗎？主管沒刁難你吧？」

杜析杓將毛巾披在椅背上，另開話題。

「他刁不刁難都那樣啦，從你那邊接手的包裝案，我一發出去客戶就立刻說棒棒，他也沒機會挑剔。」說到山羊鬍主管，曾禎立刻大翻白眼，他抖了抖外套上殘留的細雨，悄聲繼續說，「不過啊……聽說他好像跟老闆槓上了……」

末。

「什麼時候的事啊？」

「好像是上星期開始的。」

於是在曾禎一番活靈活現的解說下，杜析杓知道了在他休假期間，公司風雲變色的始末。

原來年初為了擴大營運，公司成立設計二部，本來是安排山羊鬍主管明年調至二部做經理，殊不知就在上星期，設計二部空降了一名外聘人員擔綱經理一職，這無疑是截斷山羊鬍主管的高升之路。

「沒想到他一氣之下，竟然跑去老闆辦公室理論耶！不知道他是勇氣可嘉，還是有勇無謀？不過話又說回來，誰叫他那天得罪老闆。」

「也是。」杜析杓聳聳肩，回憶起被山羊鬍主管砲轟時，老闆赫然從背後出現的片段突然有感而發，「別看老闆總是笑笑的，其實是笑裡藏刀。」

「笑裡藏刀，小李飛刀。」曾禎嘴上說，手上不忘施展幾招射飛鏢的手勢。

「你的哏很難笑耶。」

兩人嘻鬧著，直到辦公室的人越來越多，他們才跟著進入工作模式。

另一方面，藍法甜時的辦公室裡，葉董薰眉頭深鎖，一臉嚴肅地盯著電腦螢幕。他正在檢視杜析杓傳來的設計檔案。

見對面的人臉色凝重，楊子默敲了敲葉菫薰的電腦螢幕問：

「發生什麼事？都不講話？」

「也沒什麼。我只是在看析杓傳來的設計檔，他放在雲端了。」葉菫薰說著，丟了條連結給楊子默。

「他交件了？挺準時的嘛，動作很快。」楊子默驚艷地吹了聲口哨。

「是很俐落，也提供了三款設計做複選……只不過……」

聽出葉菫薰話裡的猶豫，楊子默並未繼續追問，而是跟著點開雲端檔案檢視。過了幾分鐘後，他微微點頭說：

「我懂你的意思了。是很普通的設計，不過還是看得出來是有花心思的。」

葉菫薰沒有接話，只是用沉默來認同楊子默的評語。

所謂「花了心思的普通設計」，簡單來說就是中規中矩的設計，不差，卻了無新意。

「嘖嘖嘖，這種情況很微妙……不然我們先和設計師溝通看看好了？看他願不願意修改嘍。」

聽著楊子默的提議，葉菫薰苦惱地捏了捏鼻梁沉思，須臾才點頭。

要求修改的電話會打來是意料中的事，可杜析杓萬萬沒想到這通電話會來得如此快。九點上工，藍法甜時的電話九點半就打來了，屬於葉菫薰沉穩好聽的聲線從話筒中傳來。

「不好意思，葉先生。有什麼事情，請您用信件溝通好嗎？以防口說無憑，個人認知有誤差，我想雙方都會很困擾。」杜析杓搬出了營業用語句。

『析杓對不起，我有寄信件給你了，但是有些事情口頭說明比較清楚。』

葉堇薰的一句對不起，使杜析杓武裝的強硬態度軟了下來。

從以前，他就對他的道歉無所適從。

他離開座位來到走廊，順便在飲料機買了杯檸檬茶。

「……什麼事？」

察覺到對方態度有所軟化，葉堇薰的薄唇露出一抹溫柔的笑容，接著他將與楊子默討論的建議轉告給杜析杓，並表達希望他能微調設計。

而另一頭的杜析杓，越聽眉宇越糾結。他當然知道這次交的東西差強人意，不過他是真的沒辦法，只能趕在時間內先求有再說。

他一邊聽著葉堇薰的說明，一邊不安地撥弄手指，最後沉了好大一口氣，頓了頓說：

「不好意思，我所有設計都是照貴公司的要求執行的。如果你不滿意，那……」

『那……嗯？』

「那你們可以提出解約或換人，我想我們公司有能力接手的人很多。至於我公司這裡，我會負起全責。」

『析杓？』電話裡的葉堇薰語露錯愕，他沒想到杜析杓會直言要退出，緊張地補充解釋：『我沒有說設計不好的意思，你別誤會。只是——』

「我知道，我明白。我才該道歉，這次的設計連我自己都不甚滿意。」杜析杓微微嘆了口氣，鎮靜地說，「只是坦白講……我還沒有適應轉變後的生活。不管是日常還是工作……確實有點力不從心……」

酸甜的檸檬茶入口全成了淡然無味的清水，杜析杓凝視著杯子，語重心長地承認自己的困境。

他知道他講出了很像推託之詞的藉口，內心著實無奈。誰都知道他非常重視藍法的案子，若不是失去味覺已嚴重干擾到他的身心，他又怎麼會輕易放棄呢？

聞言，葉堇薰並未接話，只聽見他微弱的呼吸聲。

沉默總是煎熬，杜析杓聽到電話那頭良久沒有回答，內心既茫然又忐忑，懊悔自己不該向葉堇薰透漏自己的真實情況。

他對葉堇薰無聲的反應感到難受，同時腦中閃過他眉頭緊皺的臉龐。

葉堇薰失望的表情讓杜析杓渾身顫抖，光是想像而已，那股難受到窒息的感覺就幾乎要壓垮他的心。

無論是對工作或是對愛情，變成大人後，這一切似乎就沒有逃避的空間。他花了十年的時間逃避愛情，心卻還是依戀他。

即便分手了，即便過去葉堇薰對他只是玩玩……他仍渴望獲得對方的讚美嗎？

杜析杓靠在牆邊，緩緩蹲了下來。舌頭失去了味覺，但檸檬茶的酸澀還是逐漸擴散到鼻間。他緊咬下唇，覺得這樣的自己好不爭氣……

這時，電話那頭的背景雜音漸漸退去，隨著一陣腳步聲，電話裡徹底安靜下來，葉堇薰似乎到了無人的場所。

『析杓？』

葉堇薰出聲試探。他來到頂樓，習慣性地燃起一根菸。

「……我在……還有什麼事要交代嗎？」杜析杓僵硬地回應。

葉堇薰沒有立即接話，沉默了幾秒，用溫暖的口吻詢問道：

『你有好好吃飯嗎？』

雖然曾禎也問過相似的話，可不知為何，由葉堇薰口中問出，竟讓杜析杓莫名有股想落淚的衝動。他連忙灌了幾口茶，擋住咽在喉嚨的哭腔。

「我現在有按照醫生的指示，定時定量吃飯。」

『這事情你有和你男……呃……我是說，你有跟你爸媽說嗎？』

本來葉堇薰是好意想關切杜析杓與男友的狀況，擔心他喪失味覺後的情緒波動太大，會干擾到他們之間的相處，可說到一半又趕忙改口。

雖然他衷心祝福杜析杓現在的感情，但他還沒有準備好……聽他提起別的男人。

「沒有……他們去二度蜜月了，我不想打擾他們的好心情。」杜析杓搖搖頭，緩了緩呼吸答道。

本打算講完工作就馬上掛電話的，不過葉董薰低啞沉著的嗓音莫名給他一股安定感，使他遲遲捨不得掛上電話。

而葉董薰同樣透過電話，感受到了杜析杓字裡行間流洩出強烈的不安。

他不願結束對話，只想花多一點時間陪伴他。縱使杜析杓的手已經牽起另一個人，但此時此刻，他就想陪著他。

他們沒人想先結束，卻也沒人敢更進一步，兩個人就這麼停在那裡，聆聽著彼此的呼吸聲。

葉董薰天生有味覺障礙，自有記憶開始就吃不出任何味道，不曾擁有過，當然也不明白能嚐出酸甜苦辣究竟是什麼感覺。他早已習慣索然無味的世界，所以當他首次喝出咖啡的苦味、嚐到奶油的甜味時，他是如此震驚且振奮，第一次明白了食物的新奇與美妙之處。

正因如此，他更能體會突然由繽紛味蕾轉為平淡無味的那種徬徨。

他一定沒好好吃飯吧……

自從知道杜析杓失去味覺後，葉董薰總是這麼擔心。所以他並未責難杜析杓臨陣退縮可能帶來的困擾，反而給出真摯的關心。

他是真的擔心他。

『……我們的味覺總有一天會換回來的。』

沉默了好一會兒，葉堇薰只能擠出這句話。雖然安慰的話語毫無實質作用，但現階段他也沒辦法給出更多。

「總有一天會換回來？總有一天是哪天？我們上次親了也沒有換回來啊，萬一我永遠沒有味覺怎麼辦？我……」

明明聽進耳裡的是安慰的話語，但杜析杓難以接受，一時間情緒扭曲失控。

『我很抱歉。要是有辦法現在換回來，我一定會立刻還給你。』

再次聽見葉堇薰的道歉，杜析杓才驚覺自己說出了無理取鬧又軟弱的言語，不禁嚇了一跳。

不知道是否是錯覺，杜析杓覺得對方的聲音似乎有些沙啞。

「不、我才抱歉，說了奇怪的話……不好意思，同事在找我，先這樣……」他草草回應，倉皇地結束通話。

『析杓，不要怕，我都在的。』

就在通話終止前一秒，他聽見葉堇薰用無比溫柔的語調如此告訴他，隨後就是通訊中斷的嘟嘟聲。

這一刻，好不容易收起的情緒瞬間瓦解，杜析杓心口緊揪，兩行淚珠一顆一顆難以自持地滾落臉頰。

他怕。

他確實很害怕。

味覺喪失的初期，他還能當作是一場小感冒，認為食不知味只是暫時的，他照常該吃就吃，該睡就睡。

但是時日一久，意識到味覺有可能恢復不了時，躁鬱感頓時油然而生。他不僅沒了感知食物的媒介，更失去生活重心的來源。

不單對工作毫無靈感，連平時嘗試創作新甜點的興趣也無法繼續，這件事讓杜析杓難以接受。

他是如此熱愛這項事物，如今卻不得不放棄。

無法做甜點的無助感深深侵蝕著他，使他不斷回憶起在法國留學時失敗的慘痛回憶。

更慘的是，由於長時間沒有胃口，從心理衍生出生理障礙，這幾天他開始出現吞嚥困難的情形，甚至狀況差的時候，一見到食物就會湧現反胃的感覺。為了不讓阿章哥與筱言姊擔心，他連蕾米吉都沒有再去。

不知道未來是否都要活在這種情況之中，想到此，杜析杓就害怕不已，同時也感到十分無助……

他努力過，可恢復味覺，是他無論怎麼努力都辦不到的事。

杜析杓從來沒想過失去味覺這件看似不痛不癢的事情，能讓他的生活出現驚滔駭浪的轉變。

但這一切，他沒向任何人訴說。

他已經不是孩子了。

沒有逃避的權利。

十七歲的他，在愛情裡受了傷，可以逃到國外。

二十二歲的他，學業受到挫折，可以躲回台灣。

如今二十九歲的他，在生命中遇到阻礙，除了自己跨過去，他沒有其他辦法。

他猛然站起身，用力抹掉眼淚，似乎想一同抹去那無止境的不安與恐懼。

◆

通話結束半晌，葉堇薰久久沒有放下電話，耳際仍不斷重複著與杜析杓的對話。

葉堇薰緊閉上眼睛，身軀沉沉地靠上油漆斑剝的圍牆。

縱使很微弱，但他清楚地聽見電話裡杜析杓絲絲抽噎的聲音，腦海浮現出杜析杓紅了眼眶的模樣。

菸尚未燃盡，葉堇薰睜開雙眼，捻熄了菸蒂，同時彷彿下了什麼重大的決定。

他從口袋中掏出菸盒，手掌一掐，將整包菸一併丟入垃圾桶中。

第六章

「過了！」

杜析杓睜大眼瞪著電腦，不敢相信自己的眼睛。

「怎麼會……怎麼會……怎麼會這樣？」

「你到底在怎麼會什麼啦？」

他不停喃喃自語，一旁的曾禎都快被搞煩了。

「我藍法的案子……居然通過了。」

「難道你很想被退稿？」

「不是……是我本來以為沒希望了，藍法鐵定會換人或喊卡……但……怎麼會呢？」

上次與葉菫薰通話後，過了十幾天，對方一直沒回覆任何消息，杜析杓直覺自己會被換掉，這幾天上班時他也做好了隨時被海罵一頓的準備。

殊不知今日接到來信，竟是通知直接採用，連一次校稿都沒有，這讓杜析杓覺得不可思議。他翻找信件的往來紀錄，在大串郵件中找到一則沒看過的夾帶檔案。

他點擊滑鼠，打開一看——

「咦？這、這……這不是我設計的檔案……」

「啊？怎麼會有這種神奇的事？」曾禎一臉誇張地反問，一起湊到杜析杓的電腦前，

「嗯？這是你設計的啊，怎麼會說不是？」杜析杓交稿前他有掃過一眼，印象中這格式確實是出自杜析杓之手。

「是我設計的沒錯，但這配色不是我交出去的樣子。」

「啊？什麼跟什麼啊？」曾禎聽完更一頭霧水。

有人改了顏色！

發現這件事，杜析杓心中立即有了譜。

是葉堇薰，是他改了顏色。

有此猜想，杜析杓快速點開之前葉堇薰傳給他的檔案，一番比對後，他更確信自己的猜測。

他記得那天兩人相約在藍法的甜點店時，葉堇薰就不斷強調配色，還仔細介紹品牌的經典用色給他參考。

不過那時候他的身體情況尚不嚴重，又執著想要創新，因此放棄使用舊色系，全數換新。豈料設計用力過猛，味覺喪失的後續效應接連出現，在天時地利人不合的情況下，導致成果不甚滿意，只能硬著頭皮交件。

思索片刻後，杜析杓抓起電話急速往長廊走去。

「是你？」

電話一接通，杜析杓劈頭就是兩個字。

『嗯，是我。』

雖然杜析杓沒頭沒尾，但葉菫薰就是知道他在問什麼。

「你幹嘛雞婆？」

『配色還是用你的，我只是微調了色調的彩度。』

「差一點就差很多好嗎？」

豈止是差很多，在設計的世界裡，就算只微調百分之一也是天壤之別。

『我真的只是微調而已，就那麼一點點。』葉菫薰笑了，語末的「點點」兩字聲線放得很輕、很柔，彷彿是在與情人絮語。

明明沒有見到人，杜析杓的肌膚卻逐漸熱起，燥熱感從耳朵蔓延到臉頰、脖子。

「這樣不好，以後別這麼做。」

葉菫薰輕笑幾聲，他不介意杜析杓聽似微慍的低叱，反而笑盈盈地應和，覺得「以後」這兩個字相當順耳。

『好，都聽你的。』

掛上電話，杜析杓不由得蹙起眉頭，葉菫薰的話語在腦中揮之不去。

剛才的對話，很明顯不是合作商之間的公式化語調，他困惑他的順從，不理解葉菫薰說這種話是出自於何種心理？

想著想著，他似琉璃般的黑色眼眸浮現難以言喻的想法，緊接著又散去……

此時恰巧到了午休時間，杜析杓遠遠就看見曾禎堵在電梯口朝自己招手，他急忙調整神色，快步跑過去。

用餐的尖峰時段，美食街人滿為患，杜析杓與曾禎好不容易搶到位置，輪流排隊買餐，等杜析杓端著水果餐盒回來時，便看見曾禎正吃著與自己手中差不多的蔬菜沙拉。

杜析杓瞄了一眼曾禎面前快見底的餐盒：「你又吃這個？會飽嗎？」

「最近便便出不來！屁屁痛，皇后娘娘說要多吃蔬菜！」

「皇后娘娘准你在飯桌前說疊字嗎？」

聞言，杜析杓差點沒噴菜，但心裡很清楚曾禎是顧慮到他的感受而刻意配合。自從坦白出現味覺障礙後，好友就沒在自己面前吃過重口味的食物了。

「呀哈哈哈哈，沒關係啦，反正她又不會聽到。」曾禎大笑，朝餐盒裡擠了一坨沙拉醬，「是說，結果那顏色真的是葉堇薰改的嗎？」

「對啊。他降低了一點彩度，調成藍法之前常用的調子，打了安全牌。」杜析杓一邊說一臉消沉地點點頭。

不得不承認，雖說葉堇薰只是微調了一點，但整體視覺變得和諧許多，可見他對設計的敏銳度還是在自己之上。

杜析杓心生佩服，卻也有那麼一些些不甘心。

「哎呀呀，好打臉喔。」

「吃你的菜啦。」

見好友大咧咧地嘲笑自己，杜析杓沒好氣地翻白眼。

「哈哈哈哈哈哈哈。好啦別悶了，他是藍法員工，當然清楚自己公司的偏好啊！知己知彼，百戰百勝啊。」

「這倒是。」

好友的笑聲淹沒了他，杜析杓撇撇嘴，接受這合理的臺階。

「對了！說到他，我突然想起一件事。雖然你說姓葉的那傢伙是個渣，但是我後來不那麼覺得耶。」

「你是跟他很熟喔？」

杜析杓用餘光瞥了一眼曾禎，眼神盡是嫌棄。

「喏，我傳個影片給你。」曾禎偷笑著滑開手機，一邊解釋說，「這是昨天我們高中老師傳到班級社群的，讓大家懷舊懷舊。」

杜析杓帶著困惑的表情點開畫質模糊的影片，看了一會兒後，他逐漸瞪大了眼。

曾禎傳給他的，居然是十幾年前高中聯合交流會的紀錄片。

「你們學校也有參加？」

「那時候是我們班的班長跟學藝去參加，好像。」曾禎頓了幾秒，努力回想所剩不多的高中記憶，接著敲敲手機示意杜析杓將時間軸往後拉。

只見畫面跳到兩個學生站在寬敞的禮堂講臺上，用講段子的方式，描述一段淒美的神話。

故事裡，中了金之箭的阿波羅不停追逐抗拒愛情的達芙妮，後來達芙妮自願變成一棵樹躲避愛情，使阿波羅傷心不已。但最終達芙妮受到阿波羅的誠心感動，同意阿波羅取下自己的葉子編成葉冠，戴在頭上，永遠相伴左右。

影片中，個子較高的男孩身材比例完美，外貌爽朗，擁有一雙明亮的眼眸，格外引人注目。表演時語調抑揚頓挫，將阿波羅的氣質演繹得絲絲入扣，讓人印象深刻。

那是葉菫薰。

「這是你吧？跟葉菫薰搭檔的人。」

曾禎比了比站在葉菫薰身旁的少年。少年的模樣雖不似葉菫薰外向迷人，卻也十分清秀。

即使事隔多年，五官比例隨著年紀稍有改變，但杜析杓淨白削瘦的臉龐以及特有的空靈氣質依舊顯眼。

「嗯。」

杜析杓微微點頭，內心莫名惆悵。

沒想到，他與他同台的畫面被記錄了下來，他一直以為這個世界上只有自己還記得這件事……

「哈哈，我的眼睛真利！來來來，你仔細看這段，你這邊定格了一下，是忘詞了吧？」曾禎自誇，一邊按下暫停。

「呃……對。」杜析枃不好意思地點點頭。

他記得很清楚，交流會正式登台的當日，因為是在別所學校的禮堂舉辦，台下觀摩的學生比他預想的多很多，與在教室裡排練時的氣氛截然不同，他一時緊張，報告的後半段就大忘詞，頻頻吃螺絲。

而影片裡，每當他忘詞卡住，葉董薰總能適時編造台詞替他圓下去。他一直把這份感謝記在心中。

「以大人的角度再回頭看小時候的事，真的特別好懂呢。雖然你說過，親耳聽見他跟朋友講對你只是玩玩的，但我看了影片後覺得他是真心喜歡你耶。眼神是騙不了人的。」

看曾禎一改平日的嘻皮笑臉，像評論員似的說得正經八百，讓杜析枃的內心某處不由得動搖起來。

真心喜歡……過……是嗎？

或許曾經愛過吧？

杜析枃想著。

見好友明顯被說動，曾禎打鐵趁熱追道：「有些人嘛，就是愛在心裡口難開。或許他到現在還愛你也說不定啊。」

「拜託，怎麼可能。」

「怎麼不可能？沒有人會這麼積極地掩護不喜歡的人好嗎？這次的案子也是。」

「那是因為那時他跟我一組好不好？我死，等於他死。這次肯定也是為了工作啦，沒人想要工作開天窗的。」杜析杓立刻駁斥道。

「但你還愛他啊！不是嗎？」

「我——」

面對杜析杓的反駁，曾禎索性打開天窗說亮話，拐彎抹角可不是他的風格。而聽見曾禎的話，杜析杓嚇得無語。

「Come on！我沒說錯吧？你還喜歡他啊，你可以喜歡他十年，那他為什麼不可能愛你到現在？」

即使身為鋼鐵直男，曾禎對男性毫無鑑賞力，但身而為人，對七情六慾的感受力還是有的。可以說，於每位設計師而言，情感的感知都比一般人敏銳。杜析杓初次提及葉堇薰的時候，曾禎就知道，葉堇薰是杜析杓心底那道打不開的結。

「好啦好啦，就算不喜歡了，那總要謝謝他吧？留得青山在，不怕沒柴燒。畢竟他這次幫了你，一點禮尚往來還是必要的。」

曾禎眨了眨眼開口詢問，決定推好友一把。

回公司的路上，杜析杓半個字都沒說，一副心事重重的樣子，而曾禎也沒多聊。有些事啊，真是當局者迷，旁觀者清，他就放任杜析杓的小宇宙運轉了。

杜析杓的腦海中，縈繞著葉菫薰替自己圓台詞的畫面。

時光流逝多年，他以為自己已經遺忘了心動的感覺，但在看見影片裡的葉菫薰與自己對台詞的笑容時，悸動的情意又悄然湧上胸口。

那盈滿暖意的笑容，像是一股柔軟的旋律，包圍著自己。

他記得不久前才看過那個笑，是葉菫薰在藍法甜點店裡，偷吻他時的笑容。不過那抹溫暖的微笑，在他謊稱自己有男友時消失了。

難不成……真的還愛著嗎？

杜析杓低下頭思索著這從來不敢想的可能性。

兩人各懷異想地回到公司，電梯門一開，就看見老闆笑咪咪地等在設計部。一見杜析杓回來，便舉手鼓掌向前迎接。

「小杜，做得好、做得好哇！」

「嗯……發生什麼事了？」

杜析杓面露惶恐，不知老闆為何要突然表揚他？

療癒水果派食譜

材料

派皮

低筋麵粉	260g
細砂糖	60g
蛋黃	2顆
全蛋	1顆
無鹽奶油	140g
鹽	2g
牛奶	20g

卡士達鮮奶油

牛奶	250ml
蛋黃	2顆
細砂糖	55g
玉米粉	10g
香草精	少許（可省略）
鮮奶油	100ml
鹽巴	少許

水果 適量

做法

1. 將派皮材料中的低筋麵粉與無鹽奶油捏搓成鬆散狀，之後加入糖、鹽
2. 麵糰捏勻後，加入蛋黃、牛奶，再捏到材料都融入麵糰
3. 拌壓成團，放入冷藏一小時後取出，稍微揉捏麵糰回溫，桿薄並放入烤派模中
4. 用叉子在派皮上戳出小洞，用180度烤15～20分鐘
5. 將全蛋打散，刷在派皮上，烤3～5分鐘之後刷上第二層蛋液，再進烤箱10分鐘直到烤上色，之後取出放涼脫模
6. 將卡士達鮮奶油的雞蛋、45g的細砂糖、玉米粉拌勻
7. 將牛奶加鹽巴煮滾後，倒入步驟 3 拌勻的材料中，以小火慢慢加熱
8. 不停攪拌至濃稠狀後熄火，趁熱加入無鹽奶油拌勻
9. 鮮奶油與10g的細砂糖打發至六分發（抬起打蛋器時呈小彎勾狀態）
10. 將打發的鮮奶油與步驟 5 攪拌好的材料拌勻
11. 將卡士達醬擠入派皮中，放進冷藏

12. 將想點綴的水果放到塔上就完成了

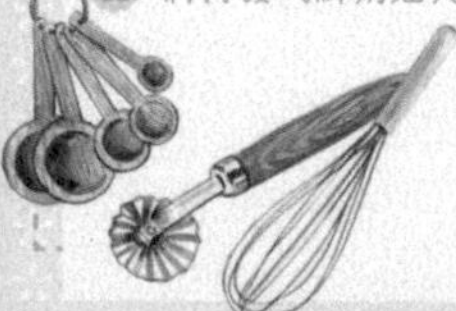

朧月書版

在連番讚美下才明白，原來藍法甜時這等國際級的案件能毫無懸念地一次就過稿，老闆非常滿意，不僅心花怒放，請全體員工吃點心、喝下午茶，更是當眾宣布一項重大消息。

明年開始，將調動杜析杓與曾禎的職位：曾禎調至設計二部當主管，杜析杓則在原部門晉升主管。

乍聽到這個消息，杜析杓與曾禎兩人擊掌叫好，簡直樂壞了！！入職幾年終於小有成就。不過高興一陣後，杜析杓總感覺有些矛盾。

「怎麼好像我是靠那傢伙才能升職的啊？」杜析杓小聲嚷嚷。

「有什麼關係，結果好就好了。況且如果你之前工作都擺爛的話，單靠葉堇薰幫你一次也升不了啊！你就安心接受老天的賜予就好了，俗話說天助自助者嘛。」

「你這麼說好像有道理。」

「超有理的好嗎？」

見曾禎說得振振有詞，杜析杓倒釋懷不少。這時，老闆退出人群，特別向杜析杓招招手，示意他單獨談話，並從西裝口袋中拿出兩張票給杜析杓。

「小杜，來！這給你。」

「這是？」

垂頭一看，那是南台灣一間相當有名的五星級海鮮餐廳，主廚以多變的龍蝦料理摘下米其林五星的榮耀。訂位必須提前兩個月預約，否則還吃不到呢。

「這是我朋友投資餐廳的優惠套票。你不是說家裡發生了一些事嗎？趁這機會，帶家人去散散心，好好吃一頓吧！明年責任會更重喔。」老闆拍了拍杜析杓的肩膀，笑盈盈說道。

「是，謝謝老闆。」

「加油。」

杜析杓握著票券，露出感謝的眼神。

午後酒足飯飽又有下午茶可享用，眾人心滿意足，公司氣氛也跟著活絡起來，不時有幾位同事跑來搭話道賀。

「阿杓、阿禎，恭喜恭喜！」

「就是啊，明年還請兩位小主管多多關照啦。」

曾禎堆著笑臉，大方回應：「當然，我會特別關照你的，安啦。」

即將升職，杜析杓當然也很高興，不過開心之餘，他同時看見了一直埋首在位子上的山羊鬍主管可怕黯青的臉。

等祝福的同事離開，杜析杓推了推曾禎的肩膀，壓低聲問道：

「喂……你覺不覺得主管的表情很不好看？」

「他哪是很不好，分明是很不爽。」曾禎壓聲回應。

「呃，也對啦。」杜析杓一聽，暗自咂舌。

想來也是，若他是山羊鬍主管，現在鐵定氣急攻心。之前盼望的經理職位落空，不順眼的後輩又接連晉升，況且其中一人還將取代自己的位置，誰會不生氣。

「是說……我們升職後，他會去哪裡？」

總不會降職吧？

「你擔心他幹嘛？俗話講，可憐之人必有可恨之處。不說那山羊之前多刁難我們，光他上次說老闆壞話就該料到有這結果了。」曾禎不屑地瞥了眼山羊鬍主管，又說，「總之升職是好事，別想太多，你還是想想要怎麼感謝葉菫薰吧！這次能升遷，他功勞不小喔。」

經曾禎一提，杜析枃瞬間僵住。的確，他是該好好感謝葉菫薰，不過他又該如何表達謝意呢？

杜析枃盯著桌上老闆給的五星餐券，不知不覺在電腦上搜尋起餐廳的周邊景點，忽然，一則博物館的展覽廣告吸引了杜析枃的目光，他瀏覽過展覽資訊後，若有所思……

◆

導遊響亮的引領聲在空中擴散，博物館入口聚集了好幾群觀光團，遊客的笑聲此起彼落地傳入杜析枃耳裡。

他下了車，走在通往博物館的道路上。

這間位於南方平原的博物館，因擁有令人讚嘆的自然標本、舉世無雙的提琴蒐藏，與親炙真跡的油畫與雕塑而聞名。

儘管入冬後氣溫下降，還飄著毛毛細雨，但博物館內精彩豐富的展品及歐式古典的外觀仍吸引眾多參觀人潮。

距離博物館主體尚有一段路的廣場前，設置著一座氣勢磅礴的雕像噴泉，是依照法國凡爾賽花園中的噴泉等比例建造，其池中央的阿波羅雕像凌駕戰車，從海面上狂躍而出，氣勢磅礴萬千。

杜析枃繞過富麗堂皇的噴水池往博物館前進，剛靠近博物館，就看見葉堇薰早已等候在氣派的大門口。

「析枃！你來了！謝謝你約我，我非常喜歡這個設計師。」

一見杜析枃到來，葉堇薰的嘴角立即舒展出過分迷人的笑容，向他走去。

前幾日接到杜析枃邀請他看展、餐敘的訊息時，葉堇薰驚喜萬分，正在開車的他還差點誤闖紅燈。而且杜析枃約他看的展覽，還是他十分欣賞的當代設計師的攝影展。開展前葉堇薰就計畫要來朝聖，無奈總是被工作打斷時程。

這次，杜析枃為了感謝他對藍法案子的幫忙而主動相邀，葉堇薰無論如何都想赴約，因此昨夜還特地加班，苦撐到深夜，總算將工作告一段落。

葉堇薰一身休閒外衫、合身牛仔褲加黑色短靴的打扮，氣質簡約自帶潮感。

杜析杓遠遠就看到他惹眼的身影，靠近後更能感受到葉堇薰濃郁的男性費洛蒙氣息，讓杜析杓忍不住嚥了一下喉嚨。

「哦？原來你喜歡這位設計師啊，那很巧耶。我只是偶然得到餐券，想說查一下餐廳附近的觀光景點，剛、剛好就看到……有這個攝影展，覺得很特別所以……」杜析杓講著講著，忽然意識到什麼，口吻一下支支吾吾起來。

「原來是這樣，那真的很剛好呢。」

葉堇薰貼心地忽略杜析杓的尷尬，順勢說下去。

杜析杓嘴上說碰巧，可過多的解釋卻曝露出他口不對心的羞澀。

「太好……那、那我們進去吧！」只見他緊張地點點頭，轉身繞過隔開隊伍的紅繩柱，去櫃檯取票。

殿後的葉堇薰只是笑了笑，沒有拆穿杜析杓生硬的謊言。此時他除了欣喜，也感到一股熾熱的情緒泛出胸口。

他心心念念的人，還記得他的喜好。

領了票後，兩人相繼步入展間，各自沉浸在攝影師用光影堆疊出來的世界。

他們之間自然地保持著四五步的距離。這樣的間距既不會過分親近，但每次轉頭，總能感受到對方的存在。

潔白的牆面上懸掛著一幅幅裱褙精細的照片。沒了博物館外高昂的喧鬧，室內靜謐無聲，只剩一雙雙欣賞作品的視線。

攝影畫面中的主題千變，有相依的戀人、宏偉的跨海橋、鬼斧神工的自然景觀。葉堇薰陶醉在攝影師用鏡頭捕捉的各地之美，靈魂彷佛隨之遊走其中。

忽然一個眨眼，不知怎麼的，感覺到幾分異樣。

他直覺抬頭張望，竟沒如預期般看見杜析枃專注作品的側臉。

接著，葉堇薰慌張往周圍環視一圈，確定沒見到杜析枃的人，他心臟一緊，趕忙傳了條訊息，遲遲未得到已讀。

倏地，焦慮的情緒如浪濤襲捲葉堇薰的理智。原先悠然的腳步不自覺加快，他穿梭在偌大的展間，眼睛掃過一個個擦身而過的人們。

終於，葉堇薰在一大片投影牆前，找到了杜析枃恬靜佇立的背影，焦躁的呼吸才逐漸恢復平靜。

葉堇薰放緩腳步，慢慢走上前，和他貼肩站在一起，共賞牆面上的影像。

牆上投映著一湖藍綠色的雨中池塘，池塘水面因不停落下的雨滴激出一圈圈漣漪，隨著漣漪擴散，視線被帶到塘中一隅……空蕩池塘的角落，只殘留著一盞已經衰敗的枯荷。

影片中，雨聲淅淅瀝瀝，讓觀看者感受雨水沖刷的沉靜之餘，也不由得隱現一抹事物逝去時惋惜陰鬱的美感。

「這位設計師似乎偏好呈現大面積的留白呢。」

覺察到葉菫薰的靠近，杜析杁並未躲避，反而開口講述自己的見解。

他深深為眼前的影像所著迷。

「你發現啦。」葉菫薰點頭，雙眼洋溢著對這位設計師的崇拜，「這是他的設計特點之一。以前學生時，我覺得畫面中保留一定的空白還滿有風格的，長大後再看他的作品，突然體會到人生有段空白也頗有番感觸。」

葉菫薰的語氣雖然平靜，不過杜析杁依稀能聽出一抹淺淡的哀傷，平眉微微蹙起。他不了解葉菫薰感悟出的空白是指什麼。

依他看，葉菫薰要智商有智商、要顏值有顏值，品學兼優，人緣極佳，根本就是哆啦A夢裡的小杉，生活應該多采多姿才是，人生又怎麼會出現空白？

縱然不懂葉菫薰突來的傷感，杜析杁卻不由自主地拋出安慰的話語：

「不過我想……正是因為有這片湖面的空白，剩下的花朵雖然枯萎了，卻也很美吧。而且你看，雖說花朵枯掉了，但它旁邊有新生的荷葉耶，它還會開花的。」

「……是啊，它還會開花。」

葉菫薰抿緊雙唇，凝視牆面的眼珠偷偷轉向身旁的人兒。

即便愛情已經凋零，但或許，正是因為渡過了感情破碎後的空白，才更加凸顯出過去彼此相戀時的美吧？

只是……無論再怎麼難捨過去的美好，似乎都到該放下的時候。

其實葉堇薰此次赴約，是打算為這份感情做個斷點的。那天楊子默說他該止損，他也知道不再執著、獻上祝福才是最正確的。

但，談何容易呢？

當他知曉杜析杓還記得他提過的設計師，甚至特意預約展覽的時候，原本下定的決心瞬間潰散。

葉堇薰心想，自己還是會執著下去的吧。

再執著一個十一年，然後又一個十一年……

他能等到愛情再次開花的時候嗎？

昏暗的展間中，美術燈的暈黃光束由天頂打落，在近距離的注視下，葉堇薰看見杜析杓反光飄柔的髮絲，還有顴骨下方些微凹陷的臉頰。

他看起來比上次見面時又瘦了一點，這個發現令葉堇薰相當揪心。

想必他是真的沒好好吃東西吧？才會在短時間內瘦了那麼多……

葉堇薰心疼地抬起手，想撫摸眷戀之人的臉頰，卻在行動前克制下來。不過杜析杓的餘光仍瞥見葉堇薰懸舉的手。

「你幹嘛？」

乍見對方的動作，杜析杓嚇了一跳，顯出幾分忌憚。

「沒事，只是突然發現你的肩膀後面髒髒的。」

葉堇薰眼神一轉，隨意找了個藉口移開話題。

「肩膀髒髒的？啊！我沒有黏到這裡啦！」杜析杓好奇地轉頭，發現右肩後側全是貓毛，低聲嘀咕抱怨，「都是邱比特先生啦，牠今天好奇怪，一直纏著我帶牠出門。」

一聽見邱比特的名字，葉堇薰陰霾的情緒消失，露出了久違屬於男孩的笑意。

「邱比特？恭喜啊，終於蒙受聖寵了。」

「牠平時都不理我好不好，一定是聽到我說要跟你出門，才一直纏著我，真是超級超級偏心鬼。」

「哦？」葉堇薰若有所思地輕哼一聲，「原來你會跟邱比特說到我？」

「只是剛好而已。」

「我能去看看邱比特嗎？」

「當然可以……咦？是、是要來我家嗎？」

聽聞葉堇薰想探望邱比特，杜析杓想都沒想就滿口答應，畢竟邱比特是他與葉堇薰共同救下的，沒有拒絕的理由。但話才說到一半，發現對方可能會來到家裡，杜析杓內心赫然慌亂，沒留神就絆到腳邊的欄杆，踉蹌了幾步。

「小心點！」

葉堇薰的反應極快，伸手扶住杜析杓的腰，順勢將他攬進胸前。

「葉堇薰，你幹嘛？」他小聲抗拒，急著推開葉堇薰。

但葉堇薰將額頭埋進他肩間，喉間湧上不知名的悲傷。

「一下下就好。」

儘管他雙臂正擁抱著杜析枸，他卻已經不是自己的所有，葉堇薰心頭不禁多了幾分寂寞。

「拜託，就一下下……」他哀求道。

微弱低沉的嗓音鑽進杜析枸的耳膜，鼻間呼吸到了葉堇薰男士香氛的氣息，他渾身僵硬，心不知不覺間軟了下來。

展間內人群來來往往，紛紛向他們投以好奇的目光，但杜析枸輕閉雙眼，屏蔽周圍的竊竊私語，不再推拒，只是任由葉堇薰溫熱的體溫蘢罩自己。

發現懷中的人並未抵抗，葉堇薰的手臂力道越收越緊。

儘管知道杜析枸名草有主，但他仍舊按捺不住想觸碰他的渴望。

不知過了多久，一位導覽員刻意的乾咳聲響起，杜析枸才尷尬地提醒葉堇薰：

「那個……已經可以了吧？」

「抱歉。」

他帶著歉意放開了他。

杜析枸立刻往後退了一步，深怕再晚一秒，克制不住的心跳便會背叛自己毫不在意的偽裝。

就在他脫離葉堇薰的懷抱時，沒注意就撞到身後的男人。

那個人手一滑，手機不小心滑飛出去，發出清脆的撞擊聲。

「對、對、對不起！真的對不起！」瞬間杜析杓嚇到，馬上蹲地幫男人撿起來。

「不！我自己撿就好！」

戴著連帽T的男人趕忙阻止，卻還是晚杜析杓一步。

奇怪……這個人聲音怎麼這麼耳熟？

杜析杓撿起手機，心裡泛起一絲疑惑。雖說男子戴著口罩，聲音聽起來悶悶的，卻有一股熟悉感。他心懷困惑，準備將手機交還給連帽T男子時，赫然看見手機正開啟拍照功能，而照片中的主角不是一幅幅作品，而是他與葉堇薰擁抱的畫面！

「這是！」

杜析杓駭然。他驚訝地滑動相簿，發現手機裡的照片全是自己！從他上高鐵開始，到博物館門口與葉堇薰會合，直到剛剛兩人相擁的畫面，甚至還有錄影的片段。

這一刻，杜析杓的臉色驟變，這才意識到——自己不僅被偷拍，還被跟蹤了！驚訝之餘，杜析杓正眼看了眼前的人。

「你是……主管？」

即便連帽T男子戴著口罩，把自己包得緊緊的，可杜析杓還是認出了山羊鬍主管的眼睛。

身分曝露，山羊鬍主管腎上腺素瘋狂飆升，像是嗑了藥發狂似的大力推開杜析杓，逃出展間。

而杜析杓遭到猛力一推，失去重心，一頭撞上大理石的雕像，痛得他瞬間兩眼發暈。

「析杓！你沒事吧？」

聽見杜析杓的慘哀，葉菫薰顧不得追人，心疼地將他扶起。

「我……還好……」

葉菫薰摸了摸杜析杓的後腦，幸好只是腫了一個包，沒流血。但等他想追偷拍者時，對方早已離他們好幾公尺遠了。

只見山羊鬍主管一路揮打試圖阻攔他的人員，一邊咆哮一邊大步衝向大門。

視線模糊之際，杜析杓看見入口處走進一位非常眼熟的人影。

「曾禎！幫我抓住他！」杜析杓大喊。

剛進博物館的曾禎對眼前的場面一頭霧水，雖不知是什麼情況，但聽見有人下令，長年練跆拳道的手臂反射性一伸，直接撂倒了迎面撞來的人，與追後的葉菫薰一同壓制住進入爆走狀態的山羊鬍主管。

「曾禎謝了！不過你怎麼在這裡啊？」

好友的現身出乎意料，杜析杓扶著發脹的腦袋，氣喘吁吁地跑上前詢問。

「我？我帶皇……我帶我老婆來玩啊。」曾禎一邊說，一邊比了比背後一名嬌小文靜的女子，「而且老闆給的五星餐券附近就只有這個景點，當然要來一下啊！」

「你有拿到餐券？」

「啊？不是大家都有嗎？」

聽見曾禎這麼說，杜析杓瞬間傻眼。

什麼啊，他以為只有自己獨獲獎勵呢，殊不知……

老闆果然是老狐狸。杜析杓心裡感嘆。

「是說，你今天是跟他來啊？」曾禎拉了拉手臂起身，用下巴比向跪在地上壓制主管的葉菫薰。

「呃……我……」

不過好奇的發問只換來杜析杓心虛飄移的眼神。曾禎一看，立刻露出賊笑，一切盡在不言中。

「哎喲！惦惦吃三碗公耶你。」

「不是你想的那樣啦。」

「那是怎樣？別跟我說是抓姦現場。」

曾禎挑了挑眉，看了眼一臉嚴肅的葉菫薰，以及摔得鼻青臉腫仍口出惡言，對杜析杓叫囂的山羊鬍主管。

「更不可能好不好？真是的。」

杜析杓紅著臉趕忙否認。這時幾名到場的員警押走山羊鬍主管，並要求杜析杓幾人進一步相談。

事後他們得知，原來山羊鬍主管是對杜析杓升職篡位懷恨在心，於是偷偷跟蹤他，想藉機報復。在發現他與男人約會後便偷拍下來，想將杜析杓是同性戀的事散布到公司網路上，好讓老闆對他產生偏見，讓他在公司待不下去，自行請辭。

弄清楚事情原委後，曾禎一邊大笑一邊搖頭：

「說篡位也太好笑了吧！他到底跟公司的人多疏離啊？整間公司不知道你是那邊的人的，我看只有他吧？而且老闆自己也有超多同志的朋友好不好？這大家都知道。」

說實在，設計界裡同性取向的人不在少數，誰是誰不是，幾乎一眼就能辨別。再說杜析杓也不是公司裡唯一的「那邊人」，這些老闆都知道，心照不宣是為了維持禮貌。山羊鬍主管居然以為老闆不知情，對同性有偏見，因此意圖用揭人隱私的方式打擊對手，真叫人哭笑不得。

「主管應該沒事吧……他牙齒好像摔斷了……」

看著滿臉是血的主管，杜析杓不禁皺眉。

「關心他幹嘛？耍陰招，真小人。他自作孽啦！斷幾顆牙剛好而已！」

相較杜析杓的仁慈，曾禎痛快地拍手叫好。

之後，由於杜析杓是偷拍照中的當事者，警方針對事件的後續處置必須詢問他的意願，雙方談話持續了好一陣子。

曾禎見狀，特意支開老婆，湊到葉堇薰身旁主動攀談。

「哈囉，剛剛沒機會介紹。我是曾禎，是阿杓的同事兼朋友。」曾禎一邊說一邊伸出了友誼的小手。

「曾先生您好，敝姓葉。我們是不是在電話裡遇過？」葉堇薰也禮貌回握。

「沒錯沒錯，阿杓的電話有幾次是我代接的。」

「難怪聲音很耳熟。」

知道是杜析杓的熟人，葉堇薰愛屋及烏，展現親和力十足的微笑。

「是你記性好。你們和好啦？可喜可賀喔。」

「我們只是朋友。」

聽出曾禎話外的意思，葉堇薰擺擺手否認道。

「你說不是，他也說不是……所以你們真的沒復合啊？」曾禎癟了癟嘴，斜睨一眼前方正在對質的杜析杓。

「若有機會的話，我當然希望，但目前就是朋友。」

雖然與曾禎是初次見面，但幾句對話下來，葉堇薰判斷對方十分清楚自己與杜析杓的關係，因此對於直率的疑問，葉堇薰倒也沒有掩飾心意的意思。

「哦？原來在貴圈能跟前任做朋友啊？我就不行了，跟前女友當純朋友什麼的，不行不行不行，我沒辦法，真的不行。」曾禎猛力搖頭，顯然無法想像。

葉菫薰明白曾禎的話並無惡意，只能露出一陣苦笑：

「或許只是我單方面認為是朋友也不一定。」

聲稱兩人是朋友，讓葉菫薰感到前所未有的生疏，實際上就連他們現在的立場是不是朋友，他自己都存有疑惑。

「真搞不懂你們耶，喜歡的話GO就對了，別猶豫。」

聽聞曾禎鼓舞的話語，葉菫薰內心浮現一絲微妙的疑惑，茫然不解地問道：「析枃他……不是有男友嗎？」

「男朋友？阿枃嗎？他現在沒有男友吧？至少從他進公司開始就沒聽過。」

曾禎抬頭皺眉。回憶這些年與杜析枃的相處，確實沒聽過他提及私人的感情生活。除了前陣子提起葉菫薰。

曾禎思索著，轉頭看向葉菫薰，發現對方的眼中閃現驚訝與愕然，突然意識到自己似乎說了不該吐露的情報。

「哎呦，那個……我先去找我老婆喔，不然我們看展時間要過了。就這樣，先走啦！掰！」發現闖了大禍，曾禎及時打住，腳底抹油閃電撤離。

望著曾禎急速離去的方向，葉菫薰一時間百感交集，唇瓣難以自制地綻開笑容。

幾分鐘後，杜析杓結束與警衛的談話，回來時只見到葉董薰獨自站在牆邊。

「嗯，怎麼只剩你？曾禎呢？」

「因為不知道你還要多久，所以他們先去看展了。」

「是喔……沒差啦！我星期一再請他喝咖啡好了。」杜析杓晃了一眼展覽入口，無所謂地聳聳肩。

「那個偷拍者呢？你沒打算提告？不跟公司說？」

看到警方默默送人離開，可想而知杜析杓接受了和解。

「沒必要吧，我跟他還有一段時間會在公司碰面，我不想搞得太難看。」

「那好吧。」

珍視的人遭遇職場打壓、偷拍這種惡事，葉董薰相當不是滋味，甚至有些惱怒。但被偷拍者本人無意繼續深究，那也只能尊重他的意志。

更何況相比負面的情緒，現在他心中更多的是迫不及待。

他迫不及待地想確認一件事。

「走吧，從這裡到餐廳至少要半小時……的車程……呢……」

杜析杓朝大門走了幾步，察覺到背後的人沒有跟上，他回頭催促著葉董薰，但後者似乎沒有想挪動腳步的意思。以為是對方沒聽見，於是杜析杓折返回去。

然而才剛轉身，便對上葉董薰一雙有些下沉的眼眸。

他被這股視線震攝，渾身肌肉頓時緊繃，定在原地動彈不得。葉堇薰毫不避諱又銳利的目光，惹得杜析杓身軀一陣輕顫。

他記得這股視線。在好多年前的某一天，在學校圖書館中某條陰暗的走廊上，葉堇薰也曾如此看著自己。

那是他看穿自己的眼神。

「析杓。」

葉堇薰呼喚他的名字，語調輕柔，但重力極強。

窗外灰厚的雲層逐漸遮去了日照，宏偉的博物館霎時變得昏暗，空中瀰漫著令人喘不過氣的氛圍。

葉堇薰跨出腳步，緩緩逼近他。

——逃！

杜析杓的腦中只有這個想法。

下一秒，他轉頭衝出博物館。

杜析杓幾乎是用跳的奔下臺階。

不顧外頭開始落下雨點，他瘋狂地往前跑。

「等等！杜析杓！」葉堇薰追在後頭大喊。

連回頭張望的時間都沒有，杜析杓此刻只想逃離那雙讓他無措的視線。

無奈兩人腳力懸殊，當杜析杓即將跑到計程車站時，手腕被一股極強的力道拉停——

他被抓住了！

第七章

「不要跑！杜析杓！」

「別拉我——」

纖細的手腕被葉堇薰抓住，強勁的力道使他一時站不穩。

「那你就不要躲我！」

「我哪有躲！」

「你敢說沒有？」葉堇薰加重手掌力道，牢牢扣住隨時會脫逃的人，「你那麼怕鬼，圖書館的地下室你平常都不敢來，這幾天爲什麼都待在這裡？」

天氣轉涼，他們進入了高三，正是爲考大學衝刺的時期，可杜析杓不但變得極少和他談論功課，連留校自習時也總不見人影，葉堇薰找了好幾輪，才終於從同學口中得知疑似看見杜析杓往圖書館地下室的方向去。

他本來還覺得不可能，就自己對杜析杓的了解，他絕不敢單獨去圖書館地下室的。

沒想到，他還眞的在這裡找到了他！

「我、我只是幫忙社團老師整理舊資料時，剛好發現地下室裡有以前的甜點食譜……覺得很有趣才會……才會一直待在這裡，畢竟以前的甜點食譜紀載得比較詳細……我只是看得太過投入，才會、才會……」

「才會什麼？」

葉堇薰冷問。聲線比起平時更低、更暗濁。

「呃……」

「既然食譜那麼有趣，那食譜呢？放在哪一區哪一架？你也跟我分享一下？」

葉堇薰早看穿了杜析杓一心虛就多話的毛病。

他步步逼近，最後杜析杓無路可退，被葉堇薰按在牆上。

寂靜異常的圖書館、灰暗的地下室、過低的天花板壓縮出凝重的空氣，捆繞在兩人之間。

「它放在、放在……那個、我……」

杜析杓的回答結結巴巴，被審問得倉皇失措，不禁垂下了頭。

兩人沉默了好一會兒，杜析杓隱隱聽見些許無奈的嘆息聲從頭頂傳來。他戰戰兢兢地抬起頭，卻對上葉堇薰有些憂鬱的眼神。

那張眉頭微蹙、略顯受傷的表情讓杜析杓感到胃部一陣緊縮。

「薰……」

他滾動乾澀的喉嚨想說點什麼，但還來不及開口，聲音就被葉堇薰的疑問蓋過。

「我哪裡做得不好嗎？」

聞言，杜析杓吃驚地盯著葉菫薫。

「什麼？」

「還是我犯了什麼錯？爲什麼你要躲我？」

「我……我沒有……」杜析杓搖頭。

「你沒有？」

葉菫薫的聲調明顯提高。

都已經逼到這份上了，杜析杓卻還不肯吐實，這讓他心裡有股無名火竄起。

「不要說謊，析杓，自從遊學回來後你就變了。」葉菫薫接著說。

高二升高三的暑假，杜析杓參加了爲期一個月法國甜點學校的遊學之旅。

葉菫薫以爲他回國時會和自己分享遊歷時的趣事，誰知杜析杓只匆匆塞給他一袋伴手禮就鮮少聯絡。無論他如何發訊息邀約，得到的都是閃躲的回覆，電話也沒接幾通。

好不容易等到開學，被刻意疏離的感覺更加明顯，沒想到他甚至爲了避開自己，會不計膽怯，躲到最害怕的地下室。

葉菫薫實在忍不了了。

他想不透他們之間到底怎麼了？

他非得問清楚。

「我哪有變。那是你的錯覺好不好？」

「我的錯覺？」葉堇薰咂舌，「那好。你要去法國念書這件事，難道也是我的錯覺？」

「你怎麼知道！」

聽見開門見山的質問，杜析杓剎那間瞪大了眼，訝異地望著面帶不悅的葉堇薰。

「我剛剛去老師辦公室，聽見他正在跟你媽媽講電話，就知道了。」

葉堇薰是這週的值日生，他將收來的作業簿搬到導師辦公室，一絲不苟地堆放整齊。正當他要離開時，無意間聽見老師對著話筒稱呼「析杓媽媽」，便順勢聽下去。

誰知這一聽，居然聽見令他震驚不已的消息。

「你跟大家說了？」

葉堇薰搖頭：「沒有，老師有請我保密。他說你不想讓班上知道，因爲怕難過所以想悄悄走。」

「對啦，就是那樣啦……」

其實他不介意讓同學知道，只是不想讓葉堇薰知道。

「那爲什麼連我也隱瞞？爲什麼前天我問你志願，你還騙我說想考中部的大學？」

「我不是刻意騙你……我只是……只是覺得你可能無法接受而已……」杜析杓著急地解釋，語中含著自己都克制不了的顫抖。

「無法接受？你連說都沒說就覺得我無法接受？你覺得我會不讓你去？你認爲我是這麼自私的人？」

「不是這樣的。」

「那是怎麼樣？你不說我不會明白啊！」

葉菫薰砲火連珠般不間斷的質問，終於逼得杜析杓不得不面對。

「我又不是故意不說，我是不知道該怎麼說！」杜析杓陷入了慌亂，心一橫，索性全盤托出，「葉菫薰你聽好，我不是要去幾個月，我是要去幾年。」

「所以呢？」

「……我爸媽希望留在那裡……」

吐露實情的同時，杜析杓看見葉菫薰的神情由生氣、驚訝再轉到錯愕，最後流露出一絲愁容。

「你爸媽不希望你回來？」

「他們覺得既然決定要出去，直接留在那裡也很好。畢竟做點心，確實在法國比較有出路。」杜析杓滾了滾因酸楚而發脹的喉嚨，逞強地露出一抹苦笑，「你覺得你等得了嗎？或者說，我們兩個等得了嗎？我才出去遊學一個月就受不了了，我不敢想像，我們會分開更久……薰……未來的變數眞的太大了……」

去法國學甜點是杜析杓從小堅持的夢想，出國留學這件事，他也在國中就跟爸媽提過。

家裡雖然不富裕，但他覺得自己半工半讀還是能夠實踐理想，於是他用心蒐集了許多點心學校的資料以及法國的薪資和租房情報，整理成一份小報告後勇敢提案給爸媽參考。

無奈家人還是不同意，於是這個夢想就這樣被杜析杓擱置在心底。

但天下父母心，有哪對父母能無視孩子的努力呢？

這些年，杜析杓對甜點的熱誠杜家兩老都看在眼裡，這次杜媽媽除了幫杜析杓安排了他夢寐以求的甜點遊學之旅外，還在旅程中對兒子宣布，她和爸爸已經替他申請好法國的學校了。這趟遊學，就是爲之後的出國準備做前導。

得知夢想終能實踐，杜析杓卻沒有想像中的心喜……

他首先想到的不是未來精彩可期的留學生活，而是葉堇薰蒼白的面容。

未雨綢繆的性格，讓杜析杓從接受告白的那一秒，就開始思考各式各樣這段感情的結尾。

他想過或許葉堇薰會發現自己還是愛女孩，然後移情別戀。他也想過，或許課業壓力一大，兩人會漸行漸遠，甚至想過戀情會被意外發現，遭到家裡反對等等。

不過他試想了一百種情節，唯獨沒想過那一百零一種可能性……他會出國。

去法國學甜點是他長久期盼的事。

他實在無法拒絕內心渴求夢想的聲音。

剛出國的前幾天，他與葉堇薰還能按照約定的時間視訊聊天，暢談驚艷的異國風情，然而沒過幾日，他們的約定便被時差和一連串的行程打破。

越來越緩慢的回覆、越加簡短的訊息使杜析杓陷入前所未有的焦慮，聚少離多的煩躁、不安、害怕，猶如一條又一條鏈繩緊勒住他的脖梗，令他無法呼吸。

他這才知道……原來自己將感情放得這麼深……

台灣到法國相隔一萬公里。這趟出國使杜析杓發現自己難以承受半個地球的距離。

他不想離開葉堇薰，也不願違背父母的期望，更無法放棄自己的夢想。他消化不了這樣矛盾的情感，也不知如何向葉堇薰開口，只好選擇躲著他。

而葉堇薰抿著嘴唇皺眉，茫然地盯著杜析杓。

兩人分開的這一個月來，他何嘗沒飽受思念之苦？

上學的日子，他和他幾乎每天都會見面，就算放假，訊息也沒少過。然而杜析杓這趟出國像消失一樣，無法掌握戀人的忐忑使他慌張，使他備感焦躁。

他們彼此都困陷在思念的泥沼裡，動彈不得，卻無力掙脫。

未來的確變數太多，那是十七歲的他們還無法想像的。

「你看吧，你也無話可說……」

葉堇薰的沉默使杜析杓的心臟彷彿凍結了。他勉強擠出笑容，不料眼淚頓時似潮水般從眼角汨湧而出。

剔透如碎晶石的淚水傾訴著說話人的無助與恐懼，也深深刺痛葉堇薰的心。他的戀人不該露出這副慘清的表情。

就在這瞬間，葉堇薰不由分說地吻了上去，霸道的雙唇用力纏吻杜析杓，不讓他有一絲閃躲的空隙。

「同學！你有要借書嗎？要閉館了！」

正當葉菫薰把舌探進杜析杓柔軟口腔的瞬間，圖書館員朝地下室提醒喊道。杜析杓嚇了一跳，驚慌地連退好幾步。

他急忙推開他，明知圖書館員並沒有走下來，應該沒看見他們接吻的畫面，但杜析杓的心臟還是劇烈地怦跳不停。

「沒、沒有，我把書放好就上去。」他敷衍地回應幾句，隨後低叱，「你瘋啦？這裡是學校！！」

「析杓，我可以『抱』你嗎？」

「什——！！！」

對方突如其來的要求令杜析杓心顫，不敢相信自己聽見了什麼。

「我想要你。」

葉菫薰凝視著杜析杓瞪大的雙眼，再次認真宣示。

「別、別開玩笑了。」

杜析杓震驚地匆匆避開，而後者手臂強勁地扣住他的腰，壓身吻上他。

這次的吻沒有前次的強硬，只有無限的溫柔。葉菫薰沒有更進一步的動作，只是將唇靜靜地貼著他，彷佛在等待杜析杓的回應。

眼前的男孩，鼻尖比一年前初遇時更挺，肩線更加寬闊，掌心也厚實許多，他即將蛻變成一個男人，這一切都讓杜析杓愛戀不捨……

感受到貼著自己的雙唇似乎在隱隱顫抖，薄唇上的溫度一點一滴地傳遞到杜析杓的唇角，逐漸溫軟他的理智。

這一刻，周圍的景物褪成一片雪白，他們彷彿與世界剝離，現實好像不存在了。

杜析杓閉上眼，微微張嘴，含上那雙自己愛戀到膽怯的唇。

◆

「放開我！你抓我幹嘛！」

「那你為什麼跑？」

葉菫薰如琥珀的眼中映著杜析杓惶恐的臉。

似曾相識的場景彷彿重新上演。

他再次被葉菫薰抓住了！

杜析杓咬住下唇，用力扳開圈住自己的指節，卻徒勞無功。他掙扎得越激烈，掐在手腕的力道就越緊。

雨滴漸漸稠密，模糊了杜析杓的視線，倏地一道暗影壓上，接著他的唇被濕熱包覆。

葉菫薰奪走了杜析杓抿得發紫的唇，不斷唅吮著。狠狠地吻著他。

「唔、唔！你、放開！」

只見掙扎無效，情急之下杜析杓張開嘴，大力咬了葉菫薰。不料強吻他的人非但沒因疼痛而停下攻勢，反而趁他張嘴時將舌鑽入他口中。

黏稠的鮮血湧出，渲染在他們唇間，杜析杓霎時呆然失去反應，他沒想到葉菫薰會如此強硬，毫不退讓。

雨滴逐漸轉大，浸溼了他們的髮絲與臉頰，葉菫薰才終於放開他。身軀重獲自由，杜析杓一下子退了好幾步。

「原來血真的是鹹的……」

葉菫薰第一次嚐到血的味道。他舔了舔唇角，雙眼直瞅著被吻到臉色蒼白的杜析杓。

「你瘋了嗎！我們在外面耶！」

見到對方的嘴唇大片豔紅，杜析杓的心猛抽了一下。

「呵，你在意的是外面？而不是你男友？」葉菫薰哼笑，揚起眉梢望著雨中模糊的人影。

「我……他……」

出乎意料的反問讓杜析杓頓時結巴起來。

「你沒有男友對吧？」

「呃……」

換葉菫薰質問。

「為什麼要騙我？」

「騙你又怎樣？這不關你的事。」

「怎麼不關我的事？」葉菫薰的聲線沙啞，急促地說，「你根本不知道我是抱著怎樣的心情到這裡的，你完全不懂我下定決心要祝福你的時候有多難受！」

「你難不難受跟我無關……」

「析杓！！」

葉菫薰雙眸搖曳，眼中露出無比的哀傷，他多希望對方能察覺到他的思念，「……不要說這種話。我沒有忘記你，這十幾年來我一直想著你……想得很痛苦……」

「怎麼？你很痛苦，我就很好過是不是？難道我在被你那樣傷害後出國，就可以瞬間失憶嗎？」

謊言被揭穿，失了方寸的理智瞬間轉為惱火，杜析杓不顧周圍往來的人群，向葉菫薰飆吼出來，嚇到了上前送傘給他們的路人。

兩人劍拔弩張的氣氛嚇得人們紛紛走避。

雨點打在氣勢浩瀚的噴泉池裡，激出噠噠巨響。

也激出杜析杓過往的回憶——

那年杜析杓在法國第一次考試失利，心情十分沮喪。憂心的室友們為了安慰他，幾個人嚷嚷著帶他一起出外郊遊，轉換心情。

他們遊歷了舉世聞名的羅浮宮、奧賽博物館，以及文藝復興之源的楓丹白露宮。幾天下來，杜析杓一行人來到世界最奢華的宮廷建築，凡爾賽宮。

凡爾賽宮內華麗的陳設金碧輝煌，令人目不暇給，這裡曾作為一國王朝的居所，殿內的一景一物皆是經典。

剛入宮參觀，杜析杓與朋友就被密密麻麻的遊客沖散，不過他也不急著找人，而是獨自幽晃在這座浮誇的古典主義宮殿中。

他親眼觀賞上千幅繪畫，走過十幾座樓梯，最後來到了宮殿的西邊。

一出主宮，占地廣闊的凡爾賽花園映入眼簾。眼前風景如畫，美不勝收，但杜析杓的眼睛卻寸步不移地牢牢盯著花園中的一座噴泉。

只見噴泉中雕刻著阿波羅的雕像，他駕馭戰車與海妖，從海面騰空出世，氣勢凌人。

瞬間，葉菫薰的臉無預警地躍出眼前……杜析杓想起了那位曾經站在他身旁，飾演阿波羅的大男孩。

於異國的土地上，不見孰悉的身影，心痛依舊如此難忍。葉菫薰喊他名字的聲音似乎迴盪在耳邊，眼淚隨著千愁萬緒湧出眼眶。

葉堇薰吃下他做的蛋糕後，對垃圾桶大吐特吐的情景歷歷在目，與朋友笑稱他是洩慾工具的話語仍言猶在耳……

那是杜析杓永遠跨不過去的深坎。

從此，點心實作考試的環節，他總會不禁想起當時痛苦的情緒而失誤。考試年年失利，最終讓父母失望，只能灰頭土臉地回國。之後有好長一段時間，杜析杓經歷了尊嚴掃地，與家人關係冷如冰霜。就這樣在泥沼打滾許多年，心情才逐漸沉靜，重獲新的人生軌道。

時間回溯到現在，往昔的種種閃過腦海，即使情緒雖不似年少時那般起伏劇烈，但依舊令杜析杓心口絞痛。

他以為昔日之事已隨著時間成為過往，自己得到了新生。他以為自己已經忘卻了那道傷痕，沒想到葉堇薰會再度闖入他生命。

他意識到心中的傷口其實根本沒有癒合，他只是視而不見罷了。

想到此，兩眼……難以自持地發紅……

「析杓……」

看著杜析杓泫然欲泣的表情，葉堇薰心疼地呢喃著他的名字。

「別叫我！因為你！我的人生全部失控了——」

對，他的生活都失控了！

因為愛他。

他整個人都失控了。

「析枃……」

「就跟你說別叫我了！我的夢想沒了，你知不知道？你把一切都搞砸了！」

杜析枃負氣怒喊的同時，傷心欲絕的淚珠也跟著奪眶而出。

然而可笑的是，在被葉菫薰深深傷害後，他仍愛著他。

看來……是他自己把自己搞砸了。

杜析枃噙著淚掙脫著想離開，但葉菫薰扣住他的手腕，毫不鬆懈。

「沒了你，我也失去很多啊——！！」

終於，葉菫薰爆炸性地嘶吼。

他對杜析枃的掛懷、對他的愛戀、對他的痴心，在這一刻再也無所遁形。

「難道你認為你離開我身邊，我失去的就比你少嗎？」

葉菫薰苦澀的嗓音令杜析枃一時動彈不得，愣在原地。

他伸出拇指，抹去沾在杜析枃唇上的血跡，指尖緊緊扳住他的下顎，宣示著對杜析枃的渴求與佔有。

「生日願望。」

「什麼？」

朦朧雨景的另一端，杜析杓聽到葉堇薰被雨聲模糊沙啞的聲音。

「生日願望。你答應過我，出國之前能任我許一個生日願望，我要現在使用。」

杜析杓瞬間屏住氣息。

「那……那是很久以前說的話，不能這樣算……」

「如果這個承諾不算數，那我們交往的事是不是也不算數？」葉堇薰將杜析杓拽至眼前，激動地質問他。

「我……」

「你答應過我的。杜析杓，我不會再讓你逃走。」

從染血的唇中吐出來的聲音極其低啞，字字像一環又一環的鎖練，牢牢拴住杜析杓。

杜析杓知道，自己根本無力逃開。

◆

一道碩大炙熱的物體穿入杜析杓兩股之間，灼麻般的觸感由後庭往下腹蔓延開來。

「唔嗯！啊——」

聽見耳際傳來自己的呻吟聲，杜析杓失焦的瞳孔頓時恢復焦點，看見自己兩腿岔開，架在葉堇薰精實的雙臂上。而對方粗挺的陰莖連根沒入他的體腔內，來回抽頂著。

連番的劇烈撞擊讓他視線搖晃，產生頭頂吊燈正劇烈擺盪的錯視。

他是怎麼來到這裡的？

杜析枸忍住下盤被入侵的抽搐，努力找回自己斷片的記憶。然而從博物館到飯店的整段過程他印象全無，大腦只停留在葉堇薰宣告要他的那一刻。

葉堇薰的宣示，一瞬間攻潰杜析枸薄如絲綢的矜持，多年來刻意忽視、積壓心底的掛念與悸動，全在心房破口的霎那傾瀉而出。

他終究還是愛著他的，才會任他用一個沒有憑據的生日願望為藉口，接受葉堇薰的擁抱。

他依然深切地思念著這個人。

依然渴望與他肌膚相親。

就像那一天……

在圖書館坦言實情的那一日，他也不記得自己是如何到葉堇薰家的。他只記得，他們翹掉自習，等他回過神，已經與葉堇薰裸裎相見。

現在和當日一樣，他們交疊在床笫之間，而自己被他囚於身下，成為他的所有物。

意識回到眼前，伏在他身上的軀體已由男孩徹底轉為男人。葉堇薰的身版比學生時期寬了幾吋，胸腹的線條精壯結實，五官的輪廓更立體深邃。

唯一沒變的，是他凝視他的眼神。

那雙長睫下的琥珀色眼眸像刷上了一層金箔似的，閃耀如結晶的眼珠，仍盈滿著令人沉淪的愛欲。

此時葉堇薰察覺到杜析杓的視線變化，他將修長的腿放下，騰出雙手俯身圈住杜析杓癱軟的背脊，將他的身軀貼向自己。

「析杓，你剛剛舒服到暈過去了。」葉堇薰輕輕啃咬著性感的鎖骨說道。

「……暈過去？我？」

杜析杓睜著眼睛。

「是啊。」

葉堇薰回答的同時，精實的腰桿往下一壓，將充血的前端往嫩穴的深處擠。

這一壓送，讓杜析杓腰間顫抖，唇角流出不可控的嬌喘，也讓侵入他的男人燃起更濃的情慾。

「析杓，再抱緊一點。」

他要求道。

葉堇薰朦朧低沉的啞嗓，混著厚重的喘息聲，膠著在杜析杓的雙耳，使他無法抗拒。成熟的男性氣息讓杜析杓似醉酒般為之暈迷，只能軟在床上，屈服在他懷裡。

感覺到體內的某處因男人的吐息發麻不已，於是他順著他，纖細的雙腿服從地搭纏上曲線結實的腰，十指嵌入他寬闊的背肌。

得到對方同樣渴望自己的回應，葉堇薰喉結滾動，理智瞬間退去。

脫去從前男孩的青澀，葉堇薰用一雙屬於男人的大掌鉗住杜析杓發軟的腰，將他的臀部用力往自己下腹扣緊，毫無縫隙地貼合在一起，一次又一次。

兩股間不間斷的壓迫感令杜析杓渾身顫抖，身體敏感的核心被激烈頂磨，貪圖性的本能驅使他配合葉堇薰抽插的節奏扭動腰臀。

空氣迴盪著肌膚撞擊的響聲，還有無限曖昧的交合音律。

突然——

「你做什麼！停下！」杜析杓大叫。

只見葉堇薰原本掐著他細腰的手，緩緩下滑到自己恥間的肌膚。意識到他意圖的杜析杓立刻驚恐起來，不斷踢腿掙扎。

但葉堇薰不顧杜析杓的反抗，伸出拇指，毫不猶豫地往他恥間兩側的膀胱處按下。

倏地，掙扎聲轉為一道浪喊。

「嗯啊啊——」

杜析杓的嗓音拉高，腳趾因猛烈的快感瞬間蜷縮起來。

那是他的敏感帶，葉堇薰居然記得？

下腹體內外同時接收到猛烈的刺激，觸電般強勁的快感沿著背脊聚到大腦，杜析杓的背腰弓成一彎優美的弧度。

杜析杓兩眼空白，全身肌肉緊繃，勃起的陰莖抽搐抖動，鈴口不斷溢出透白的愛液。

葉菫薰見狀下盤一縮，退出杜析杓體內，並將他高潮泛紅的臀瓣托到面前，張口含住腫脹發抖的性器。

濕軟的舌捲上龜頭來回舔弄，過度舒爽的感覺使杜析杓皮膚泛起疙瘩。

「不要、不要、葉菫薰我不要——！不……嗚唔！」

杜析杓眼泛淚花，從起初的抗拒到痙攣，最後在他溫熱的口中釋放高潮。

「啊……啊嗯……啊、啊、咿啊……」

釋放後敏感脹紅的鈴口不斷被撩撥，抗拒聲也成了一連串破碎的呻吟。爽適感一波波襲捲四肢百骸，快感淹沒他的所有感知。

葉菫薰將身下人白皙的雙腿架開，下盤再次挺入杜析杓滑嫩的後穴。佔有他身軀的同時，先前壓抑的忌妒之心瘋狂湧現，這份情感極其尖銳。

現在杜析杓沒有男友，不代表沒人擁有過他。

「你的前男友們，他們知道你這裡很敏感嗎？」葉菫薰問道。

凝望著杜析杓因慾望而意亂情迷的眼神，葉菫薰推送進他體內的力道也跟著加重幾分。一想到這十年間也有人這樣抱過他，接受過他忘情的擁抱，葉菫薰兩道眉糾結，一顆心妒忌到幾乎瘋狂。

「什、什麼……前男……友……？」

灸熱的物體在體內摩擦，杜析杓的臉頰潮紅一片。

「你之前交往的對象。」葉菫薰繼續逼問，「告訴我，他們也會這樣撫弄你嗎？」他彎起五指不斷輕刮杜析杓恥骨間敏感異常的三角地帶，壞心眼地搔揉著。

「我……什麼……他們……」

「告訴我，析杓，他們會這樣對你嗎？」

他執拗地追問，試圖證明自己與眾不同。

又麻又癢的舒適感由腿間侵蝕著杜析杓的理智，僅存的意識節節敗退在肉體的歡愉之下，他緊咬下唇，強忍著因高潮而顫抖的身軀，忍不住委屈地流淚。

「所以說……為什麼要問這個問題……前男友什麼的……我就只有一個……」

「什──！」

得知這副令人憐愛的身軀一直屬於自己，葉菫薰驚訝地頓了頓，胸腔激烈顫動，喜悅的情緒無法自控地溢滿心口。

大掌捧住杜析杓的後腦勺，他將臉埋進他的側頸，用力吸聞他髮間的香氣，嘴裡一遍接著一遍呼喚他的名字，腰桿不禁加劇抽插的動作。

彼此的髮梢在耳邊磨出了曖昧的細響，杜析杓聽著，覺得心醉又迷惑。一邊沉溺於身體的歡愛，一邊在心中止不住地責怪自己。

他覺得自己好不爭氣。

他明明決定要抽身，想與慘痛的過去一刀兩斷，卻沒想到真的面對葉董薰時，多年築起的堤防竟會一夕坍崩。

他應該要遠離這個男人才對，為何自己總是飛蛾撲火？

冰涼的淚珠沾濕了葉董薰的耳鬢，他撐起身，厚實的掌心憐愛地包覆杜析杓佈滿淚痕的臉頰，心疼地吻去他掛在眼角的淚珠。

「析杓，我一直愛著你……請你不要哭。」

對方萬般柔情的話音在耳間徘徊，薄唇在自己臉上游移，杜析杓充滿水霧的眼神忍不住閃動。

迷惘、愛戀、不捨與怨懟，多重情緒此刻全雜揉一起，在這錯綜思緒的侵擾下，杜析杓迎來第二波高潮……

◆

熱騰騰的水蒸氣由門縫撲進昏暗的房內，葉董薰繫緊腰間的毛巾，走出浴室。

一陣朦朧中，他將目光投向正在床邊穿衣的杜析杓。

葉董薰沒多說話，放任尚在滴水的濕髮走上前，替他扣上釦子。兩手一路往上移到頸部，順勢端住杜析杓的下顎吻住他。

歡愛後的餘韻仍殘留在體內，杜析杓配合地揚起頭，放任他索取自己的柔軟。

廉價沐浴乳的香味掩蓋不住葉董薰乾淨好聞的氣息，剛沐浴完的肌膚散發著燙人的溫度，透過軟舌，一點一點傳遞到杜析杓微啟的紅唇中。

他們啜吮著彼此的舌尖，交融雙方獨一無二的味道，兩人吻得深刻、吻得繾綣纏綿，彷彿是對情濃難捨的戀人。

過分溫柔的觸碰，卻讓杜析杓胸口感到痛楚。

直到氧氣逐漸耗盡，葉董薰的唇才依依不捨地離開，他挑起杜析杓落在眼瞼的髮絲，輕柔將它掛到耳後，含著氣音詢問：

「析杓，我們不能重新開始嗎？」

接到問題的瞬間，杜析杓渾身一顫，思緒陷入短暫的茫然。

幾秒後他細聲回覆：

「不是不能。」

「真的？」

霎時，葉董薰悸動萬分。

望著眼前雀躍的男人，杜析杓頓了頓，面無表情地接著說，「不是不能，是我不想。今天的事就當作我跟你一時衝動，鬼迷心竅吧。」

是的，他們不該這樣下去。

此話一出，葉菫薰原本欣喜的臉龐驟然轉暗。見杜析杓轉身要離開，他跨步追上，大掌重壓住房門，搶在杜析杓開門前將他囚困於自己的領域之中。

「你的意思是要當作什麼沒發生？」

葉菫薰眉頭緊皺，手臂上爆出了數條青筋。

而杜析杓背對著他，不發一語。許久沒收到對方的回應，葉菫薰聲線不耐地下沉，口吻嚴肅地命令道：

「回話。」

「就是那個意思。」

杜析杓仍舊背對著他。

「看著我回話，杜析杓。」葉菫薰的音調平緩卻堅實有力，透著不容反駁的氣勢。

看來話不說開是走不了了。

杜析杓提起胸腔深深吸一口氣，轉身迎視葉菫薰銳利的視線。

「因為我不想重蹈覆轍，再次被你當成洩慾的工具了。我想你也不缺對象吧？即使不打算交往，身邊應該也有不少能一起玩樂的人選，你大可……」

杜析杓看似無所謂地說，卻被葉菫薰開口打斷。

「洩慾？你為什麼會這麼認為？」

葉堇薰昂起下巴，瞇起眼來。

「你怎麼會問我？別跟我說你忘了高中在體育館的事情。」杜析杓哼出嘲弄般、似笑非笑的氣音。

聞言，葉堇薰默默垂下了頭，過了好一會兒才回道：

「……我沒有忘記……讓你聽到那些話我很抱歉……」

聽見葉堇薰給出肯定的答覆，杜析杓心頭疼痛難忍，不知道自己究竟是想聽見什麼樣的回答。

「算了……都無所謂了……」杜析杓露出飽含無奈又痛苦的微笑接著說，「不管從前你把我當什麼，現在的你是自由的，沒有學校束縛。你要約炮友也好、想召妓也好，但可不可以不要再來招惹我？當作什麼都沒發生不行嗎？」

「不行！」葉堇薰急迫地追問，眼神無比認真，「可不可以給我個機會，讓我解釋？」

杜析杓微微抬頭，望著滿臉焦心的葉堇薰，並從他的雙眼讀出一絲乞求。

兩人靜默了不知多久，杜析杓才從乾澀的喉嚨中找回自己的聲音。

「我想聽……我曾經想過的，我也給過你機會……」

杜析杓幽幽地開口，聲音有些虛浮，聽不出情緒。

「你不知道吧？那天我在體育館外面等你好久，我天真地以為你會跟出來，給我一個解釋，但你沒有……呵呵呵，也是啦，你要是真的有意要找我解釋，你絕對會知道我在體育館外等你等到捷運都沒了……」

回想起自己狼狽地徘徊在街道上的夜晚，杜析杓自嘲地笑了。

從前單純的他對愛情也有信仰，但聽見葉董薰說他是洩慾工具的那一日，這份純真的信仰破碎了。

他平靜如死水的陳訴令葉菫薰的呼吸越急促不穩。

「直到出國前，整整一個星期……我每天都在等，我每分每秒都想聽你解釋，但你什麼都沒說。」講著講著，杜析杓鼻頭泛紅，每說一個字，喉間都隱隱作痛，「你連一個理由、一句藉口都沒有。現在過了這麼久，你到底想解釋什麼？你想要我理解什麼呢？」

憶起過往，葉菫薰無言以對，身軀不禁定格，抵住門的雙手頹喪地滑落下來。杜析杓抬起眼，纖細如絲的睫毛下是一對毫無生機的雙眼。

「我曾經想得到你的解釋，但我想現在已經不需要了。」

他吐出的語氣冷漠異常，彷彿沒有情感。

杜析杓用手肘推開葉菫薰的胸膛，轉動門把。

離開前，他默默地看了葉菫薰一眼。

「把衣服穿上吧，會感冒的。」

說完，杜析杓便跨步離去。

暗色的門板重重闔上的那一秒，葉菫薰鼻腔哽咽，明亮琥珀的眼眸跟著蒙上一層懊悔的水霧。

原來杜析杓等過他，而他渾然不知……

下過雨的夜晚格外清冷，杜析杓頂著潮濕低溫來到車站，當他掏出皮夾買票時，看見夾在鈔票中沒機會使用的兩張餐券。

他愣怔了一會兒，眨眨眼後抽出餐券，將其丟入垃圾桶中。

深夜車廂內的暖氣強勁，乘客們各個略顯疲態，無人交談，空氣中瀰漫著灰濛寂靜的氣氛。

杜析杓凝視著窗外宛如要吞噬一切的黑暗，神識漸漸渙散起來，性愛過後的身軀難擋疲憊，使他不知不覺陷入了沈睡。直到再次醒來時，列車已經駛回台北。

他緩緩步出車廂，不經意瞥見月台人群中有對互相擁抱的情侶。

只見男生貼心地替女生披上外套、拉上風衣拉鍊，而女孩子一臉幸福，在男孩臉頰上親了一口表示感謝。男孩也面露疼愛地揉捏女孩圓滾滾的臉頰，情侶間的小動作不斷。

發車鈴聲響起，男孩抱了抱女孩後送她上車，一路目送著列車駛離，眼底盡是綿綿情意。

杜析杓將這一幕看在眼裡，手掌不自覺地搗著胸口，內心五味雜陳。

若他剛才答應葉堇薰冰釋前嫌，重新來過，那此刻在月台擁抱的戀人中，會不會也有他們的身影？

如果自己勇敢一點，願意釋懷過去，那愛著那個人的心是不是就不會那麼痛苦了？

無奈……他早已失去了再次愛上他人的勇氣。

逃避，是因為過去的心碎。

而防禦，是恐懼再次心碎。

他深怕又一次信任他人之後，自己好不容易修復的生活，哪天會再度崩潰。

他不願再被動搖。

不想再被辜負。

列車閃爍的尾燈逐漸消失在隧道的盡頭，而男孩依舊望著列車遠去的方向，久久沒有離開，他佇留在月台的背影令杜析杓迷惘……

氣盛蓬勃的十七歲，正是對愛情蠢動的年紀。但凡跨越了界線，便一發不可收拾。

葉堇薰的祖父母正巧去荷蘭探親，於是杜析杓找藉口，在葉堇薰家渡過了兩個瘋狂的夜晚。

從圖書館回來的這個週末，他們不是在床上，就是在浴室。不是才剛做完，就是正在做。甘甜的浪喊淹沒整間房子，杜析杓的喉嚨沙啞，喊到幾乎失了聲。他們彼此渴求，直到星期日的夜裡，葉堇薰才戀戀不捨地退出杜析杓軟嫩的身軀。

「還好嗎？很不舒服？」

葉堇薰體貼地擰來毛巾，替杜析杓擦臉，見他手摸著下腹，清淡的眉毛時不時微微抽動便緊張地問道，話語中滿是溫柔。

「沒有啦，只是……有點麻麻的而已。」

被戀人這麼詢問後，杜析杓臉頰上一陣熱度，害臊地垂下頭。

他恥骨與性器連接的中間地帶相當敏感，過往洗澡還是換衣服什麼的，自己碰自己都沒什麼感覺。但初次被葉堇薰觸碰時，瞬間有股熱感像電流般直擊大腦，讓他全身癱軟。

發現杜析杓那處的肌膚敏銳異常，甚至比細緻的耳垂還有感覺後，接連兩日，葉堇薰總是頻頻刺激，不停挑逗著那塊禁地。

「抱歉，是我把你逼太緊了。」

見到杜析杓雙頰像微醺似的泛紅，葉堇薰心裡感到無比滿足。

他的戀人，是個如含羞草般可愛的人。

「你明天能上課嗎？還是很難受就請假吧，我再把筆記拿給你，嗯？」葉堇薰替他扣上釦子，喜悅的臉色轉成擔憂。

「我哪有那麼脆弱。」

杜析杓小小皺眉，表達抗議。

待穿好制服後，葉堇薰拉著杜析杓前前後後檢查了一遍，確定吻痕都在衣服遮得住的範圍才鬆了口氣。

起先杜析杓還不知道葉菫薰究竟在看什麼，直到領會到他的目的，本來退紅的臉頰又染上兩朵淡粉。

他盯著面前認眞幫他整理儀容的男孩，不由得低下頭陷入沉默。而他急轉的氣息自然瞞不過葉菫薰，他撥了撥杜析杓的瀏海，看見他眼瞼暗垂的憂鬱。

「在想什麼？」他問。

「沒想什麼。」他答。

葉菫薰聳了聳肩，又幫杜析杓拉上外套的拉鍊，自然地接著問：

「什麼時候出發？」

「預計是下學期末……」而他也自然地答了。

「日期呢？」

「還不知道。」杜析杓微微搖頭，隨後補充道：「還要看學校跟簽證，應該申請下來就會飛……我媽希望我早點適應比較好……」

「這樣啊。」葉菫薰點點頭，就在杜析杓以爲他們之間即將畫上句號的時候，他稀鬆平常地開口：「那你放假或過年會回來吧？你要是沒有打算回來也沒關係，我可以去找你，一學期才四個多月而已，這點時間不算什麼，習慣就好了。如果之後你眞的選擇待在國外，那我也可以找一個離你很近的工作，我都可以。」

「咦？」

聽見葉菫薰叨叨絮絮地講著對兩人未來的規畫，杜析杓吃驚地抬頭，心臟發出怦通怦通猛烈的聲響。

「幹嘛那個臉？」葉菫薰笑了笑，「也許工作不是那麼好找，但我盡量。」

「不、不是……我們……沒有要分手嗎？」

發問的同時，杜析杓感覺唇齒不受控地打顫。

「爲什麼這麼想？」

「……我也不知道。之前聽班上交往的人說大家分手前最後都會做，所以我、我……我以爲，這次做完就結束了……」他吞吞吐吐解釋著。

「你以爲是分手炮？」

「嗯。」

杜析杓眼神飄移了一會兒，微弱應聲。

「我沒有要分手的意思。只要你沒說分手，我們就不分手。」

葉菫薰緊緊握住杜析杓的雙手，他語氣堅定，眉宇間顯露了超出年紀的認眞。

「好嗎？」

「……好，不分手。」

知道對方願意與自己一同面對未來的變化，杜析杓的鼻喉一陣濕熱，淚珠淺淺泌出眼角，聲音也哽咽起來，他難以用言語傾訴心中的情緒。

他，不想失去這個人……眞的不想。

但就在如此感人的時刻，杜析杓的肚子居然不識趣地咕嚕叫起來，兩人先是愣了愣，然後不約而同地大笑出聲。

所有煩悶不安的情緒隨著笑聲化解，葉菫薰寵溺地摸了摸他的頭問：

「想吃什麼？」

「甜甜圈。」

「不吃正餐？」

「就想吃甜甜圈。」

「呵，好啊，走吧！我們去買。吃完我送你回去。」

「好。」

杜析杓大力點頭，心暖了起來，整個人沉浸在被疼惜的幸福裡。

車站宏亮的廣播聲將杜析杓飄遠的思緒拉回，他恍神了幾秒，呼出沉長的一口氣。

月台上的男孩不知何時已經離開，只剩零星幾名候車的乘客。

往日的碎片，一片片拼貼在眼前。

那日深夜，吃完甜甜圈後葉菫薰送他到捷運時，也是那樣無畏旁人的目光，緊緊擁抱住他。

——不分手。

他們曾經如此承諾過，但終究還是分手了。

他與他在學生時期短暫地交會，然後走向了完全平行的道路。

此時杜析杓的餘光，又不經意瞥了空蕩的月台一眼，瞬間有股濕潤感布滿眼眶，眼淚悄無聲息地滑過臉頰，浸溼了衣服的領口。

他忍著淚崩的衝動，低頭默默登上電扶梯，獨自走出了車站。

◆

籃球場上，球鞋摩擦木地板發出刺耳的吱嘰聲，兩隊人馬針鋒對峙，計分板上雙方的分數僅兩分之差，觀眾席上熱血沸騰，加油聲此起彼落。

眼看時間一分一秒倒數，我方仍處於弱勢，葉堇薰與隊友紛紛流下冷汗，但只要還有時間他們就不會放棄，必會戰鬥到最後一秒。

籃球於兩隊人手中幾經流轉，終於在最後幾秒拋傳到葉堇薰手上。見機不可失，葉堇薰立刻舉手投籃。不料，球拋出去的那一秒，他的側胸被暗中架了一記拐子，整個人跌坐到地上，周圍頓時驚聲四起。

杜析杓站在看臺上，見葉菫薰遭人犯規失足，他的心臟跟著緊緊揪起。

幸好老天有眼，葉菫薰投出的球命中籃框，追平兩分外，還得到罰球的機會。照著裁判的指示，葉菫薰來到線點，在衆人期盼的目光下，投出關鍵的一球。

匡噹——

完美進球！

觀衆席上的學生們瞬間興奮地狂跳起來。

短短半分鐘，葉菫薰他們由落後、追平到逆轉，奇蹟地取得勝利，所有隊員都奔向葉菫薰對他又摟又抱。

場外的杜析杓也感染了隊員們的激動之情，內心雀躍不己。等到散場，他懷著欣喜的心情偷偷來到隊員的休息室外，並拜託一位工作人員將手上的提袋送進葉菫薰及隊員的休息室。

袋子裡裝著的是一塊抹茶蛋糕，是他爲葉菫薰特地做的。

雖然離葉菫薰的生日還有幾天時間，不過兩人上課、補習、顧社團，都忙得團團轉，無法在當天慶祝，折衷之下，他們相約在今天比賽結束後一起慶祝葉菫薰生日。

這是杜析杓出國前最後一次幫戀人慶生。

而他跟葉菫薰承諾了，只要自己力所能及，會滿足他一個生日願望，算是彌補兩人即將拉開的距離。

爲了這難得的日子，杜析杓特地準備了茶香濃郁且不黏膩的抹茶蛋糕，內餡抹上了顆粒飽滿的紅豆泥，希望戀人感受到日式茶香的同時，能品嘗到不同的口感。

他本想要和葉堇薰兩人慶祝的，不過見球隊精彩逆轉得分，杜析杓希望他們大家一起吃蛋糕，分享喜悅也不錯。

杜析杓甜蜜地彎起嘴角，開心地站在牆後，小腦袋瓜悄悄挨近窗邊，想看看葉堇薰吃到蛋糕後會露出什麼表情。

而休息室內，隊員們因贏球歡欣鼓舞，又見有人送禮來，轟的一聲圍了上去，只剩葉堇薰一人自顧自打包東西。

「嘿，這什麼東東？蛋糕？」

「喔喔喔喔喔喔！剛比完就有蛋糕，也太威了吧！」

「噯噯噯，這屬名給你耶，葉堇薰——」

隊長翻看提袋上掛著的緞帶小卡，朝葉堇薰大喊。這一聲喊，引來衆人七嘴八舌。

「哇靠，哪個妹？人帥就是令人羨慕。」

「喂，阿薰，給你的啦！」

「是喔。」

聽到被點名，葉堇薰只是暗暗掃一眼提袋，貌似不感興趣。

「會不會是你女朋友送的？」

「我沒有女友。」葉堇薰否認道。

「哎呀，他沒女友但有炮友啦，哈哈哈哈。」

其中一個隊員代替接話，惹來眾人曖昧煽笑。

「喂喂阿薰，我可以吃嗎？」

另一位隊員對著精緻香醇的抹茶蛋糕發起饞念。

葉堇薰再次看了看繫在袋子上的粉色緞帶，確定那不是杜析杓的品味後，無所謂地點點頭，「給你們吃吧。」

「啊？你不吃嗎？還不錯耶。」

只見隊員們已經迫不及待地打開盒子，直接用手刮了一口奶油，大快朵頤起來。

「我不喜歡甜食。」葉堇薰冷冷地回。

「嗚哇哇哇！！出現了，偶像劇台詞。」

一個人開玩笑後，隊友們紛紛出聲損他，但葉堇薰毫不在意。

他才沒興致吃蛋糕呢，他現在只想趕快收拾好東西，出去與杜析杓會合。雖說杜析杓有來觀賽，一定知道他贏球的事，但他還是想親口告訴他這個好消息，一顆心迫不及待地想看見杜析杓燦爛的笑臉。

然而葉堇薰不知道，此刻一牆之隔外的杜析杓臉色慘白，原本輕快的心情頓時像灌滿水泥般沉重。

什麼?他說什麼?

不喜歡甜食?

杜析杓的腦袋轟隆作響。

剛運動完的男孩們食慾驚人，抹茶蛋糕被瓜分無幾，隊友們一邊吃一邊聊，這時一位隊友提起了籃球比賽的八卦。

「對了，你們知道下一場出賽的對手有人搞Gay遭禁賽的事嗎?」

「有，我知道!學網鬧超大。聽說是在學校接吻被發現的。」

另一個隊員接話，順手又抓起一塊蛋糕。

「哇靠，他們眞敢耶!」

一聽見這話題，杜析杓嚇出滿身冷汗，頓時想起自己與葉堇薰在圖書館接吻的情景。

他忍不住貼近休息室門口，想聽得更清楚一些。

「不過那個人不是Gay吧?聽說就是互相洩慾而已。」

「男校這種事很常見啊，他們不是男校嗎?我妹讀的女校，女女也一堆啊，反正大家都是環境使然，畢業就恢復了，哈哈哈哈。」

「好像也是喔。而且男的和男的多方便啊，又不用戴套。不像跟女孩子，超麻煩。」

「渣耶你，你女友好可憐。」

「又不是只有我，阿薰也不喜歡戴啊。」

「我又不是故意不戴，是上次剛好沒有，好嗎？」葉堇薰聽見話題扯到自己，立刻轉頭駁斥。

他向來很保護杜析杓，除了前幾天一時忘情，沒注意到保險套已經用完的事。雖說他緊急踩了剎車，但是杜析杓的默許讓他情不自禁。

「等一下等一下……你剛剛不是說你沒有女朋友嗎？哇！難不成眞的有炮友？」一群剛經人事的少年談論性來直白大膽，沒一會兒大家開始瞎起鬨。

「嗯哼，就是那麼一回事吧。」

葉堇薰懶得多做解釋，隨口敷衍一句，滿腦子只想趕快撤離。他將球衣摺好、塞進背包，拿出一件乾淨燙好的襯衫換上，還特意抓了點髮蠟。

相比葉堇薰的期待，杜析杓的心情卻盪到谷底。

炮友？

原來自己只是炮友？

葉堇薰的回答震撼了杜析杓，不過寥寥幾字的話語，卻像鋒利的鋼釘一樣狠狠紮入他的胸口。

自從他與葉堇薰發生關係以來，兩人每個週末都會去對方家溫書，念書之餘，免不了發展深刻的肉體連結。

知道往後會聚少離多，現在度過的每日都是倒數，杜析杓相當珍惜兩人獨處的時光，只要葉董薰摸上來，他總是會允許他進入自己。

事實上，他也同樣渴望他。

他一直以爲兩人是互相喜歡。

沒想到葉董薰想交往的目的……只是因爲方便？

剎那間，杜析杓眼前一片黯黑，一口氣喘不上來就暈頭轉向，兩腳差點站不穩。

隊員們正因爲葉董薰的爆炸式發言各個亢奮不已，紛紛包圍葉董薰逼問他更多細節，沒人注意到門外因震驚搖擺的人影。

衆人嬉鬧成一團，還有人嗨到把蛋糕奶油抹在葉董薰臉上。然而就在葉董薰嘴裡嚐到抹茶奶油的瞬間，一聲突兀的嘔聲嚇到了所有隊員。

只見葉董薰大變臉，推開隊友，趴到垃圾桶前嘔吐起來──

「嘔！我的天……你給我吃什麼？呸……」

他抓著垃圾桶猛吐，上氣不接下氣。

「不會吧阿薰，你討厭甜食到這種程度啊？這抹茶蛋糕還蠻好吃的說。」

「哪裡好吃？就說你們吃就好……嘔……」

突見葉董薰過激的反應，隊友嚇得面面相覷，塗抹奶油的人更目瞪口呆，傻到不知如何是好。

「好好好，大家都別鬧了。快點收一收。」

深怕玩笑開過頭，惹人生氣就糟了，隊長一聲令下，眾人識相地停止捉弄，摸摸鼻子各自收拾東西。

乾嘔一陣，好不容易沖淡嘴裡的噁心感，葉堇薰忍著反胃的感覺洗掉滿臉奶油，抽幾張衛生紙擦臉。眼角瞄見繫在蛋糕紙袋上的屬名小卡，他猛然瞪大了眼。

寫著自己名字的字跡清秀端莊，如同字跡的主人。是杜析杓的字。

頓時葉堇薰全身血液逆流，他下意識抬頭，使對上窗外杜析杓顫抖的雙眼。與葉堇薰四目相交的瞬間，杜析杓渾身發寒，轉頭跑開。

「等等，析杓——」

葉堇薰立刻衝出門。

兩人在走廊上追逐，但論腳程葉堇薰更勝一籌，在走廊轉角處，他一個箭步越過杜析杓，堵住他的去路。

「析杓！！」

他拉住他。

「別擋路！」

杜析杓甩手怒嗆，極力克制自己的聲量。

「剛剛我只是順著他們的話而已。」

葉堇薰站得筆直，沒有退讓的意思。

「什麼叫只是順著他們的話？」杜析杓氣喘呼呼地怒問。

「是順著講下去而已。」

「所以你只是順著他們的話，認同對我是玩玩的？」

「不是那樣的。」

「那是哪樣？」

「我當下沒多想，眞的只是順著他們的話而已。」葉堇薰焦急辯解。

「好。」杜析杓強迫自己調整呼吸，「就算只是順著他們的話……那你爲什麼吐呢？你明明不喜歡甜食，幹嘛騙我？不喜歡就不喜歡……難道說我做的甜點好吃……都只是哄我的手段？」他聲音模糊，問出了自己害怕的猜想。

「我是——我……」

葉堇薰心急地否認，可話到嘴邊又立即止住。

他不知道該從何解釋。

一直以來，對嚐不出味道的他而言，進食僅只是生存的基本程序。

從來沒有過味覺，他自然感知不出食物的酸甜苦辣，年幼時，更不懂如何向雙親表達自己對食物的感受，久而久之也就習慣了沉默。

不過天生學習力極好的他，藉由觀察周圍人吃飯的表情，聰明地學習到對應食物的情緒。例如吃巧克力時就該笑，喝到牛奶時就該學哥哥那樣皺眉頭。

直到八歲生日會當天，滿腦鬼點子的哥哥準備了摻入辣椒粉的蛋糕來整他。而葉堇薰在哥哥驚愕的目光中，笑嘻嘻地吃完整塊蛋糕。

在這之後全家沸騰了，他被著急的父母帶到醫院，進行一系列莫名其妙的檢查。最終確認了他天生患有味覺障礙。

這是他第一次認識到這麼困難的詞彙。

接下來一段時間裡，哥哥不再對他開玩笑，他也常常聽見父母爲他的事爭吵，偶爾夜晚起來上廁所時，都會看到媽媽紅著眼，坐在餐廳獨自啜泣的樣子。

他沒想到只是因爲自己沒有味覺，竟讓親愛的家人感到難受。

如果他坦承自己沒有味覺，那杜析杓會怎麼想？

是不是也會難過呢？

「幹嘛不說話？」杜析杓哽咽地問。

葉堇薰看著面前的人紅通通的雙目，喉嚨彷彿被一道無形的鐵鍊拴住，勒得他發不出聲，欲言又止。

眼見葉堇薰沒有要解釋的意思，杜析杓的心涼了半截。

他的無聲，間接承認了與他之間只是玩玩的事實。

「你連藉口都沒有嗎？」許久沒得到對方的回應，杜析杓失望地低下頭，「好，我知道了……」

沒有解釋就是一種很明顯的解釋。得出了結論，杜析枸壓抑住眼眶中的淚意，默默走出體育館。

對於葉菫薰，他愛得小心翼翼，愛得不遺餘力，沒想到這一切都只是玩玩。

杜析枸感覺自己的心此刻滿目瘡痍，鎮定轉身的背後，是撕裂心靈的悲傷。

他的愛情，竟然卑微得連一句藉口都沒有。

體育館內，葉菫薰硬是愣了好幾分鐘，直到杜析枸的身影完全消失在門口，他才終於意識到自己應該要追上去才對，不過他的肢體卻與心相違。

他還沒想好該怎麼跟杜析枸說明。過了好久，雙腳仍一動也不動地定在原地。

他拿出手機，本想打電話解釋，但想了想又放棄了。

讓杜析枸冷靜一下好了，等見面再好好解釋吧……葉菫薰如此想著。

「喂！阿薰！教練說要請吃飯，走了！」

「就是啊，你在幹嘛？快點啦！」

這時隊友們已經收拾完畢，聚集在側門大聲呼喊。

葉菫薰淡淡地朝大門口望了一眼，選擇與隊友們會合。

然而他不知道，此刻的杜析枸正抱著最後一絲希望等在體育館門口。他不知道今天這一別，兩人會從此錯過。

隔日星期一，杜析杓沒有出席，葉堇薰以爲他還在生氣，也不敢貿然打電話。感覺若不是當面說，電話裡的解釋總是會越講越糟。

就這樣苦苦等了幾天，誰知最後竟在星期五的班會上，聽到老師宣布杜析杓已經出國的消息。

當他再次撥通那熟悉的號碼時，已經成了空號。

杜析杓的座位到畢業那天都一直空著。

葉堇薰的心也一直空著。

直到現在。

纏綿過後的床只剩一個人的體溫。葉堇薰倒臥在床上，撫摸身旁冰涼的枕頭，淺色的枕布上還留著斑斑淚痕，杜析杓哭的模樣與那天在體育館的哭容相疊在一起。

他不知道該如何闡述這份悔恨。要是當初自己有追上去解釋，那彼此心中的空洞……是不是就不會擴大到無可修補的地步了？

第九章

山羊鬍主管閃電辭職了。

這件事讓繁忙的星期一徹底爆炸。

山羊鬍主管在週末寄出辭呈信後，說不來就不來，不僅刪光他手上所有案件的資料，甚至將公司內共用的檔案密碼全部改掉，導致許多案子卡死在一起。

年末將至，本就是忙碌結案的季節，現在又來一齣報復性意味濃厚的閃辭戲碼，不僅老闆臉色難看，設計部全員都雞飛狗跳。

由於杜析杓原定明年升為設計部的主管，如今發生這種鳥事，責任的重擔順理成章地落到他身上。

他進退不得，只能硬著頭皮在最慘烈的情況下扛起爛攤子。

從早晨踏進公司開始，他便一家一家致電道歉，請求合作方延長交期。若遇到無法交涉的案主，杜析杓只能親自登門道歉，拜託談和協議。

等他奔波完一輪，手錶指針已經來到晚上八點。杜析杓拎著便利商店的便當，踩著疲累的步伐沉甸甸地回到公司，打算規劃事件的後續處理。

意外的是，當他回辦公室時，同樣加班到晚上的曾禎卻告知他有客人來訪。

「這麼晚了？誰啊？」杜析杓皺起眉頭問。

「還有誰，就藍法甜時的那位啊。」

曾禎聳了聳肩，比了比會議室。

「葉董薰？他來幹嘛？」

該不會是為了前天兩人的深刻連結來的吧？杜析杓腦中瞬間閃過這項猜疑，不過思考了一下，又覺得不可能。

「他下午就來了，說是藍法的案子有變動，一定要親自跟你商量。我有跟他說你外出了喔，但他堅持要等你。」

「都是什麼鬼啊！案子變動？我今年是犯太歲嗎？」杜析杓大嘆一口氣，揉了揉發漲的太陽穴。

本來向各合作案主們賠罪就不太順利，又承受了一整天的怨氣，心情已經很糟糕了，沒想到爛事一樁接一樁，像處理不完。

唉……頭痛得很。

瞟了一眼擱在桌上的便當，杜析杓心不甘情不願地推開會議室的門。

「不好意思，讓您久等了。」照慣例形式打了招呼後，杜析杓直接拉開椅子坐下。

「析杓，你回來了。」看杜析杓出現，葉董薰嘴角立刻綻開笑容，主動關心問，「今天還好嗎？」

他下午到訪時，就嗅出設計部之間不同尋常的氛圍，在等候的時間裡，葉堇薰從來來去去的員工談話中聽出了一些端倪，推想內部應該出了重大事情。

「還可以。你有什麼事直接說吧。」

杜析杓敷衍地點點下巴。

雖說葉堇薰臉上確實掛著微笑，可兩人之間仍舊瀰漫著一股說不出的尷尬。葉堇薰當然也讀出了空氣中的這份尷尬，他靜默了幾秒，開口表明今日的來意。

而他訴說的內容，無疑使杜析杓的處境雪上加霜。

——藍法甜時的法國總公司，退回了杜析杓的稿件。

「我的天……這到底怎麼回事？」

得知此事的杜析杓神情凝重，加上勞累，臉色漸漸僵硬。

「希望你不要誤會，設計本身沒有問題，只是方向不如總公司所預想的那樣。」葉堇薰深表歉意地解釋。

之前會決定聘請杜析杓擔任設計，是因為看中他在甜點紙上印製愛情金句的發想，認為金句的設計跳脫了包裝本身的限制，讓甜點與文學碰出了不錯的火花，相當有意思。然而這次的設計就是單純的包裝而已，儘管設計相當典雅，很襯品牌，卻沒有愛情金句的發想來得驚豔。

於是再三考慮之後，總公司決定自己另招一組設計師，要與杜析杓進行比稿，之後擇一採用。

這種時候要比稿，無疑是給杜析杓重磅一擊，他終於耐不住脾氣發火了。

「葉先生，請你們搞清楚。我是設計師，不是通靈師，我怎麼可能知道他們預想的樣子是哪樣。」

「我知道現在才通知改稿是有些不妥，所以才必須來親自告訴你，也希望你能協助一下。無論最後有沒有過稿，台灣方都會支付設計費的。」

「什麼叫不妥？什麼叫改稿？這跟之前開會所提的方向根本是兩回事，完全是重新設計了。總之我不做，你們另請高明吧。」

「析杓，你馬上要升主管了，不要說這種不專業的話。」

一聽升主管這三個字，杜析杓就滿肚子火。

「你有沒有搞錯？到底是誰不專業！」杜析杓的兩隻眼幾乎瞪出了血絲，大力拍擊桌面怒嗆，「別把貴公司指令模糊的過錯壓在我身上。還有什麼叫過不過稿都會付錢，這什麼爛話？我不需要你們施捨。如果你覺得我會升主管是因為你的幫忙，從此就欠了你的人情，而我必須接下比稿的話，那我離職可以了吧？」

蓄積已久的壓力終於炸開來，無論是生理上的痛苦、情感上的挫敗還是事業上的不順，全都在這一刻爆發出來。

講完，杜析杓氣憤地甩門而出，連便當都沒拿，留下錯愕不已的曾禎。

另一方，會議室裡的葉菫薰也是處於震驚的狀態，他從未見過杜析枃如此盛怒的樣子，當下被震撼到呆愣住，來不及反應，只能透過打霧的玻璃眼睜睜地看他憤然離去。幾分鐘後聽到有人敲擊玻璃牆的聲音，他才回神。

只見曾禎推開門探頭進來，挑挑眉：

「嗨！這位憂鬱仁兄，喝一杯嗎？」

「時間晚了，不太好意思。」

葉菫薰擺擺手，禮貌婉拒。

「都這個時間了，不差這一杯的時間吧？不想知道阿枃為什麼爆走嗎？」

被戳到心點，葉菫薰無奈地笑道：「看來這杯該是我請你了。」

「Nice！你這傢伙不錯嘛，等我五分鐘，我收一收就來。這附近有一家很不錯的餐酒館。」

聽到對方要請客，曾禎嘴角跟眉毛瞬間飛揚起來，音速衝回座位收東西。

葉菫薰跟著從會議室出來，眼睛一直盯著杜析枃桌上孤零零、被遺留下來的便當盒，內心感到過意不去。

◆

服務生高舉托盤，俐落穿梭在吵雜的客人之間，迎接週末的餐酒館笑聲高昂。幾杯金澄的啤酒下肚，曾禎越說越起勁，葉堇薰也沒阻止，反而靜靜聆聽著，並時不時地附和幾句。

曾禎暢所欲言，從與杜析杓一同進公司起，發生的鳥事、趣事，還有山羊鬍主管的不公平對待，跟吐槽客戶品味，不小心被客戶聽見的衰事等等都說遍了，幾乎把杜析杓這幾年來的事蹟全掀個底朝天。

本來只是談心聊聊的小聚，演變成了杜析杓的爆料大會。葉堇薰自然也知道了杜析杓今天發生的慘案。

「說真的，我覺得阿杓就是個世界無敵大傻瓜。」曾禎打了個酒嗝，咕噥著看似不悅地說，「今天這件事啊……他又還沒正式升上主管，你說他幹嘛全攬下來呢？害我不得不幫他……真是的，皇后娘娘最不喜歡我加班了……」

曾禎嘴上埋怨，其實更多是替朋友抱不平。對此葉堇薰是既感謝又忌妒。

他感謝曾禎這個好友的出現，陪在杜析杓身邊，成為他的生活支柱，同時也忌妒著曾禎看過自己所沒見過的杜析杓。

「我不知道你們公司發生這樣的事情，沒想到他攬下這麼大的責任……我剛剛還對他說了那種話……」葉堇薰垂喪著眼，露出自責的表情。

「哎呦，阿杓是標準的吃軟不吃硬啦。」

「呵，也是。」

葉董薰不禁輕笑了聲，想起高中時初次認識杜析杓的情景。

那時他戒備心強，不願意接受杜析杓邀約做報告的好意，因此對他的態度凶了一點，誰知道杜析杓非但沒退縮，反倒回嗆他。不過就在他坦率道歉後，振振有詞的杜析杓卻一秒縮回去，好似做錯的是自己。

害羞反差的樣子讓他覺得很可愛，也很動心。

「析杓跟你提過他在法國的生活嗎？」葉董薰主動問起。

「當然啊。他知道很多甜點店，也超會做甜點，我家皇后娘娘還誇他寫的食譜簡單又特別。」

「可以跟我說說他在法國的事嗎？我很想知道。」

葉董薰溫柔地提問，他想知道更多的杜析杓，以及那段錯過的生活。殊不知曾禎聽見後，臉色卻塌了下來，說道：「那不是段太好的回憶。」

這句話讓葉董薰十分錯愕。

法國CAP考試，是甜點界必經的職業考試。想在法國的甜點廚房立足，擁有CAP資格可說是基本條件。

杜析杓在正式註冊甜點學校之前，就憑實力申請到了獎學金以及一間甜點廚房的學徒位置，那裡的甜點主廚非常看好杜析杓，還自願補助他住宿的費用，並直言期望杜析杓畢業後能留下。

他的留學起點可說是比一般留學生高許多。

然而經過四年，杜析杓始終沒取得這項資格。

沒有錯，杜析杓在法國的生活不浪漫也不夢幻。歸國之前，他堅持返還主廚幾年來補貼的住宿費，可說是負債回鄉。

「也不知道是什麼意識在作祟，阿杓說……實作考試的時候，他總是會想起你，然後就是一連串的失誤，以至於落榜。他周圍的人都對他很失望，搞不懂他明明在廚房幫忙時都好好的，怎麼去到考場就頻頻失誤。」曾禎頓了一下，語重心長道，「我看啊……對他最失望的人，應該是他自己才對……」

之前聽杜析杓聊起這段往事時，曾禎就品出了一抹意味。他思索著，說不定杜析杓在潛意識中是其實相當害怕通過考試的。

通過考試，意味著他會留在法國，並與葉菫薰這個人再也不會有交集。

曾禎接著說：「聽說他爸媽對他的生涯規畫很嚴格，去留學的事也是溝通很久的。你想想嘛……花了四年，兒子什麼名堂都沒搞出來，哪對父母不會失望？所以剛回國時，阿杓與家人關係不是很好。直到他進了公司，這幾年事業有點成績，跟家裡的關係才破冰。總而言之就結果來說，這趟留學經驗不像外人看起來那麼美妙。」

「原來是這樣……」

難怪那天在博物館，他會聲淚俱下地訴說夢想沒了。

知曉了杜析枃出國的心路歷程，葉堇薰心中被自責淹沒，他一直以為杜析枃會改行，純粹是轉換跑道而已，畢竟升學後發現自我，進而更換志願的事並不稀奇。

同樣在大學時期因感情而忽略學業，葉堇薰的情形比杜析枃好一點，至少他沒有來自家裡的壓力，在歐洲學風的薰陶下，爸媽對他選擇升學於否的看法相當自由。反觀亞洲家庭在未來道路這方面，孩子相對沒有選擇權。

此時葉堇薰能夠想像，杜析枃好不容易說服父母出國留學，最後卻鎩羽而歸的時候，背負的壓力有多沉重……

杯子裡頗有風味的清酒在這一刻變得苦辣無比，不斷刮刺著葉堇薰的舌尖及心間。

◆

過了個週末，杜析枃冷靜下來，開始認真思考藍法甜時的比稿案件，豈知葉堇薰卻沒有再聯絡，轉眼時序又來到星期五下班時間。

這幾日烏煙瘴氣的鳥事處理差不多了，終於能準時打卡，但杜析枃為了等藍法的聯絡，遲遲不願下班。

「搞不懂那個人到底在想什麼，自己說要比稿，結果連後續通知都沒有……」

他不解地喃喃自語，兩眼認真檢視著信箱，深怕自己漏了信件。

雖然喊出了離職的氣話，但杜析枸哪敢輕易離職。他還有一堆帳單要付，外加一隻貓要養，他怎麼忍心讓家裡的小祖宗只吃硬巴巴的乾糧。

時間一分一秒過去，眼看同事幾乎走光了，杜析枸不得不放棄等待。

看來只能下星期再問問了。杜析枸默默地想。

他一邊盤算下周的工作進度，一邊關上電腦準備下班，這時桌上的電話無預警響起，顯示是藍法甜時的號碼。

看見來電數字，杜析枸的心臟大力彈了一下，鈴聲響了好幾秒後才接起，然而話筒另一端卻不是葉堇薰熟悉的聲音。

『請問這是杜設計師的分機嗎？』電話裡的男人禮貌地問。

「我就是。請問您是？」

『您好，敝姓楊。』

「楊……啊！是楊子默先生！」杜析枸頓了頓，瞬間回憶起來。

『是的。感謝您還記得我，太好了！您還在崗位上。』對方謙遜地說。

「請問是有什麼事嗎？」

雖然藍法甜時來找他是應該的，但一直以來與自己對應的都是葉堇薰，與楊子默通話讓杜析枸心中燃起一股不好的預感。

『是這樣的，總共三件事。一是協商，二是通知，三是警告。』

打完招呼後，楊子默收起悅色，轉成較為冷淡的口吻，直接表明來意。

「警告是——」遲疑了片刻，察覺到楊子默的語調並沒有前次見面親和，杜析杓也跟著嚴肅起來，「呃，您想協商的事情，這點我知道。但後兩點就不清楚了。」

『可以，那我直問了，請問設計師是不願意比稿的意思嗎？我記得合約上載明得很清楚，在總公司最終決意前，我方有一次修改權。』

「我並沒有不願意。」

『是嗎？那就好。因為葉堇薰這一個星期不斷跟法國溝通，希望總公司取消比稿，接受貴公司之前提交的稿件，我還以為是杜設計師這裡不願配合呢。』

聽出對方禮貌話語中的調侃，杜析杓眉頭為蹙，無奈地嘆了口氣：「我很抱歉……接到比稿通知的當天我……我態度不是很好，所以……」

『沒關係，我理解，案件更動難免有情緒。』楊子默逕自接話，給了杜析杓臺階下。

「謝謝。」

『第二點是要通知您，現在開始與您接洽的窗口會由我負責，之後的聯繫請您撥打我的分機。』

「嗯？那……葉堇薰呢？」杜析杓驚訝地問。

『我認為我的組員並不適合與您溝通。』

「我……」

電話那頭隱約傳來指節敲擊桌面的聲音，擾亂著杜析杓，半晌後他仍吐不出一個字。

『我所謂的不適合單指工作。至於原因，我想你很清楚我所說的是什麼，這也是我說的第三點警告。』楊子默補充解釋，『我不知道你們之間發生什麼事，但葉菫薰這幾天看起來十分沮喪，雖然事實也是如此。我先說，我無意要插手你們的過去，不過他已經將過多的私人因素帶到工作中，這點是絕對不能接受的。』

「我想楊先生您誤會了。也許上星期我跟他的談話是很不愉快，確實帶了一點私人的感情……但我絕對沒有要求他包庇我，絕對沒有。」杜析杓坦言，並再三保證自己絕無說出不合理的言論。

『我知道您不是這樣的人，但他就是會包庇你，這是他無法控制的。菫薰為了你，已經到不管不顧的地步了。』

收到楊子默的答案，杜析杓的喉嚨緊繃，一下子沒了聲音。某股難以言語，糾結又複雜的情感不斷湧上心頭。

『接下來的話與其說是警告，不如說是我個人以朋友身分提出的請求。若你無意與他復合，那能不能盡量遠離他？說實話他的狀態很糟糕，公私不分的情況嚴重影響到同事，涉及到工作，我也很為難。』

楊子默當然知道他無權介入朋友的感情，不過職場與校園不同，以前葉菫薰自甘頹廢，自己休學是不會打擾到其他人。可這次，他若再度陷入萎靡，那頭痛的就是周圍的同事。如今身分不同，他要顧及所有組員的狀況，不得不對杜析杓說重話。

「我明白了，很抱歉給您造成困擾，之後比稿的要項我會直接跟您聯絡。」

過了好一會兒，杜析杓才用微微顫抖的聲音公式化回覆。

『謝謝您的理解。』

拋下這句話，楊子默結束了來電。

杜析杓垂頭喪氣地癱在椅子上，他萬萬沒想到，葉堇薰會護他到這種程度……不能將私人情緒帶到工作中，是社會人士的基本。

葉堇薰本來守得好好的，是自己先對他發脾氣了，才會……杜析杓仰望死白的天花板，對自己不夠從容感到失望。

就在這個千頭萬緒的時刻，換曾禎打電話來。

「喂？」

『你要被比稿喔？』曾禎劈頭就問。

「你聽誰說的？」杜析杓語氣慘淡。

『我陪老闆來餐聚，遇到葉堇薰和他們公司的經理，就聽說啦。』

「會不會太巧，王八蛋。」

『你要比稿怎麼都沒說？剛剛老闆的表情像跌到糞坑裡，超臭的！！』曾禎用誇張的語氣強調老闆臉色有多臭。

「就……只是這星期太忙，忘了……」

『好吧！我只是要通知你你死定了。對了，還有，葉董薰看上去很不好耶。』

「剛剛已經有人跟我講了。」

『什麼？我居然不是第一手消息？』電話裡的曾禎聲音聽起來驚訝到不可思議，『不過說真的，我感覺他還是很愛你，你看起來也不排斥他，幹嘛不乾脆復合？』

「有些事……理不清啦……」

連續被兩個人問起復合的話題，惹得杜析杓心煩意亂。

『理了十幾年還理不清啊？』

「我想，可能還需要一些時間吧。」

『真搞不明白耶，都理了十年還什麼進展都沒有，那繼續理個幾十年就理得清嗎？到時候就算你腿張得開，屁股沒得痔瘡，他也早就陽痿了！啊啊啊，不是，是早就變成骨灰了！』

聽見此話，杜析杓立刻回了一連串揍人的貼圖，曾禎立刻回傳欠揍的貼圖。

『好啦好啦，我沒有要管你的閒事。總之，你下星期上班皮繃緊一點。』

「知道了啦。」

『先這樣，掰。』

退出對話框，一向敞開天窗說亮話的曾禎當真不懂，明明兩人愛得死去活來，幹嘛不在一起？難道旁觀者清，當局者迷的當局者都這麼眼瞎嗎？

曾禎無奈地搖搖頭，返回席間繼續應酬。

而另一端的杜析杓忍不住眉頭深鎖。

究竟葉堇薰的樣子是多不好？怎麼連粗枝大葉的曾禎也說他狀態不佳。杜析杓想著想著，內心憂慮不已。

他煩躁地滑動手機，無意間刷到了曾禎上次傳給他的高中交流會影片。

剎那間，楊子默說的話躍上心頭——

『他就是會包庇你，這是他無法控制的。』

楊子默的話縈繞在杜析杓腦海中久久未散，他手指輕輕按下撥放鍵，不斷重播他與葉堇薰上台的片段。

影片裡，他不停地吃螺絲，而身旁的他不停地補救。他總是像這樣掩護他。

從樹上掉下來的時候是這樣。

上台演出的時候也是這樣。

現在也是……

◆

蕾米吉甜點店的工讀生又臨時請假了。

拗不過阿章哥的一再拜託，杜析杓隔了兩個多月，再次回到熟悉的街道。他在路口做了幾次深呼吸，鼓起勇氣後走向蕾米吉。

「筱言姊！我來了！」

一推開店門，杜析杓就被眼前的景象嚇到呆掉。

只見筱言頂著小巧的圓肚，站在櫃臺前迎接他。

「嗨！小杓，好久不見～」

「筱言姊！妳、妳、妳懷孕了！上次明明沒肚子的！」

初次遇到周圍有女性懷孕，杜析杓忍不住驚呼，對人類的身體能產生這麼大的變化感到既驚訝又神奇。

「嘻嘻，嚇到了吧？上次其實就已經三個月啦，但是肚子最近才大起來，是小女生喔～」

「抱歉啦小杓，我知道年末你工作很忙，不過因為筱言的肚子突然變好大，我實在不忍心讓她一個人備料，所以只好拜託你啦，我會算你加班費的。拜託拜託～」

阿章雙手合十，一臉歉意。

「我才不需要加班費，而且早說懷孕的事嘛，我再忙都會來的。」

「小杓謝謝你～因為我們想說用講的沒有驚喜感嘛，妳說是不是啊？老婆～」

阿章甜蜜地摟著筱言，臉上寫滿幸福。

「真是的，我剛剛都被嚇到了！恭喜你們喔，也恭喜寶寶。名字取了嗎？」

「還沒呢，想說之後給阿章的爸媽決定。」筱言甜甜一笑。

新生命的到來總是讓人喜悅，杜析杓也被幸福泡泡感染，嘴角揚起開心的笑容，忘了入店前忐忑不安的情緒。

今天週末是蕾米吉的休店日，雖然店休息，人可沒辦法跟著閒下來。

甜點內餡中甘甜濃郁的果醬或是口感絲滑的奶醬，又或是特製的酥皮等等，都必須在休店時備料完成，以供平時取用。

看到筱言從冰箱捧出一大籃草莓，杜析杓二話不說，立刻接手。

他將大量的草莓清洗、瀝乾、切片，然後取出淺盤，把切好的草莓片混入檸檬汁和糖後靜置。等待的過程中，杜析杓也沒閒下來，他挑出一籃雞蛋，熟練地分離蛋黃蛋清，裝鍋後倒入麵粉攪拌。整串動作流暢俐落，沒有半點躊躇。

「不虧是小杓，連一滴蛋白都沒有滴出來呢。」

筱言一邊擦拭刀叉，一邊稱讚杜析杓的手上功夫。

聽到他人的讚美，杜析杓瞬間停住了動作，腦中有股意識赫然清晰。

在今天之前，他以為他會極度害怕碰到甜點。

剛失去味覺時，他因為試不出味道而沮喪，變得害怕烘焙，偶爾接到蕾米吉的幫忙請求也找理由推拖，他還以為自己再也做不出甜點了。

直到筱言的稱讚點醒了他。

沒想到一進烘焙室，滿腔的熱血根本壓不住，什麼害怕、惶恐、抗拒等等不安的情緒全被他拋諸腦後，一雙手就自行動起來了。

熟悉的感覺順著血液暖流至全身，負壓在肩上的重擔像消失了一般，使杜析杓頓感整個人輕快許多。

原來他並沒有失去製作甜點的能力，使自己停滯倒退的，是自己的膽小不敢面對。

原來自己還擁有力量。

體悟到這件事情，杜析杓內心顫抖不已，激動得眼泛淚光。

「小杓，你怎麼哭了？該不會剛剛不小心切到手了？」

細心的筱言看杜析杓動作慢下來，以為他哪裡受傷了，於是上前關心。

「沒有啦，只是最近工作有點忙，一直盯電腦，眼睛有點乾而已。」

「沒事就好，要不然休息一下吧？店裡進了幾款新的花草茶喔！一起喝喝看。」筱言提議，並拿出好四五罐茶葉讓杜析杓挑選。

「就是啊小杓，攪拌的事我來就好，你就陪我老婆聊聊吧。一陣子沒見到你，她每天都在唸，擔心你過勞死怎麼辦。」

此時得空的阿章挺身幫忙，揮揮手要杜析杓稍做休息。

「哪有那麼誇張。」杜析杓笑了笑接受好意，為自己泡了壺洋甘菊茶舒緩心情。

「誰叫你原本每個星期都會來，卻突然消失兩個月，我擔心嘛。」筱言嘟著嘴。

「呃……呃，因為我升主管了，工作突然變很忙。」

杜析杓趕緊塞了萬分合情的理由。

「真的啊？那要好好慶祝一番不可！」筱言的眼睛閃閃發亮，忍不住喜悅。

「慶祝什麼的不用麻煩啦，妳等著慶祝女兒出生就好啦。」杜析杓開始與筱言話家常，突然想起前次來蕾米吉的情景，「對了，上次不是有雜誌來採訪嗎？已經出刊了嗎？」

杜析杓本來很期待蕾米吉的雜誌專欄，殊不知上次離開後就遇見種種離奇鳥事，害他都忘了報導的事。

「有哇！上個月出刊的，登上雜誌那個星期我們每天都加班呢！」筱言一邊說一邊從收銀櫃檯前取下雜誌，翻給杜析杓看，「你看看，他們把阿章拍得好瘦，像是瘦了十公斤耶，嘻嘻嘻！」

杜析杓接過雜誌，鮮豔的標題字映入眼簾。

『李學章，從低谷攻頂高峰。味覺失調低潮主廚，烤出世界盃水果派。』

瞬間，杜析杓瞠大了眼。

「什——！阿章哥，你你你有味覺障礙？」

繼續往下閱讀報導，杜析杓差點沒嚇掉下巴。採訪報導說，阿章創立蕾米吉的起源，一切從他患上味覺障礙後，離開主廚位子開始。

「哦？小杓不知道嗎？」筱言疑惑地問。

「不知道，完全沒聽說。」杜析杓一個勁地狂搖頭。

「這麼說來，好像真的沒提過的樣子。」

阿章一手托著下巴，陷入短暫思考。

「那……阿章哥你……你什麼時候有味覺障礙的？有治好嗎？」

「還在餐廳的時候發現的。那時以為是工作壓力大，不以為意，想說休息幾天就會好了，誰知道就再也沒有恢復了。」

「所以現在也……」

「嗯，現在也沒有恢復喔，我對鹹和甜的味覺倒錯了。」

罹患味覺倒錯，導致阿章吃鹹會覺得甜，吃甜反倒會覺得鹹。

「那又怎麼會創立蕾米吉呢？」杜析杓心急地追問。

「因為我們離婚了。」

這時，一旁的筱言插話進來，阿章則心有靈犀地笑了笑繼續手邊的工作，將發言權交給老婆。

「妳說——！筱言姊……妳和阿章哥離過婚嗎？」

杜析杓錯愕地張大嘴巴，不相信眼前這對每天秀恩愛、放閃灑糖的夫妻，居然也有過分崩離析的過往。

那大約是在七八年前，那時阿章任職於名聲遠播的五星飯店擔任主廚，在餐飲界做得風生水起，並與交往多年的女友筱言結婚，可說事業愛情兩得意，人人羨慕。但人生時運總有起落，婚後沒有多久，阿章就罹患了味覺失調，不得已只好離開熱愛的餐廚工作。

事業上的失意，使他將氣全宣洩在筱言身上，每日不是酗酒，就是吵架。無止盡的對立與爭執，也讓他們的婚姻走到盡頭。

那時他們結婚才剛滿一年。

筱言搬走後，阿章才終於大澈大悟，想要挽回妻子，於是積極想振作起來。

「不過說是想振作，但我當時其實很徬徨，不知道該怎麼辦。畢竟我除了做吃的，什麼也不會啊。」

「後來……呢？」杜析杓像在觀看好萊塢大片似的問。

「是直到有一天，我去公園散心的時候，遇到一位老人。」

「老人？」

阿章點點頭。

那天，他在公園裡看見一位老者在樹蔭下寫生，出於新奇感，阿章便站在一旁觀看，之後還和老者閒聊起來。

與老者的談話似乎有股魔力，阿章不由得傾訴自己顛簸的際遇，而老者也只是一邊作畫一邊微笑地聽著。

沒想到這時有隻鳥俯衝而下，震動的羽翅撞擊到畫架，使老人筆尖一歪，撇錯好長一條筆誤。阿章連忙伸手將畫架擺穩，但心中不免對好好的作品就此報銷感到惋惜。

然而，老人臉上並未有絲毫不悅，他依舊笑笑地執筆繼續作畫。只見下一刻，老人在那筆失誤上又添了幾筆，轉瞬間，竟將那道筆誤化作一道由天空投下的暖陽。

頓時，畫面的場景在紙上鮮活起來。

阿章看著，嘴角不自覺發出驚嘆。

此時老者轉過頭，對他露出猶如陽光般的笑靨，呵呵說道：「你不用擔心，真正的創作者能將失誤化做點睛之筆，我相信你也一定可以扭轉乾坤。」

這段奇妙的相遇在阿章心裡添入源源不絕的力量，他回到家中，開始想方設法突破味覺錯置的限制。

「那個時候啊，我突然覺得味覺失調或許是上天給我的禮物，我不該自怨自哀的。所以我請其他廚師朋友幫忙做一堆試吃品給我吃，才終於試出自己鹽與糖的口感比例。然後啊，我就用本店的招牌水果派參加了甜點大賽，得獎後就拿著獎牌去找筱言，然後我們又在一起啦！哈哈哈哈！」

說完，阿章自豪地雙手扠腰，哈哈大笑起來。

「原來我們的招牌水果派是這樣來的，所以你們才決定開店？」

「算是吧，第二次結婚後我們創立了這間店，但也不是一開始就很順利。」筱言托著腮，一邊回憶一邊感嘆地說：「因為阿章的味覺沒有恢復，前期開發新產品時真的很辛苦。不過好在阿章只是兩種味覺錯置了，我們兩個一邊試吃一邊調整，才總算找到了平衡。」

憑著阿章之前掌廚的技藝，融合失調後的新味覺，夫妻兩人三腳，共同努力開發出不一樣的食物味蕾，總算在甜點界闖出一番天地。

雖然阿章跟筱言講起往事說得雲淡風輕，杜析杓內心卻震撼不已，他從來不知道這間店背後竟有這段風風雨雨的淵源。

「筱言姊，妳真的太勇敢了，要和讓自己傷心的對象再婚，真的很需要勇氣。」杜析杓感嘆地說。

「的確，當初離婚確實是很傷心，他要求復合的時候我還不願意呢。」筱言嘟嘴裝作堵氣。

「最後怎麼又決定復合呢？」

杜析杓問道，沒發現自己的話音裡隱含著顫抖。

「因為……」筱言露出竊笑，手掌附在杜析杓耳邊小聲地說，「阿章一把眼淚一把鼻涕地跪在我面前懺悔，說他沉浸在自己的苦痛中過了頭，沒有發現我也很難過，給我帶來了傷害，他很抱歉。我看他都這樣說了，只好原諒他啦。」

作為妻子的筱言最明白先生失去味覺的失落，他離開主廚職位，等於是人生先前的努力全付諸流水，所以她更清楚阿章為了克服人生的鴻溝與生理障礙，要付出多大的心力。背後的決心與意義絕對不單只是一面獎牌。於是她點頭，與阿章重新開始。

初聽這番話，杜析杓胸口莫名感到一絲陣痛，內心閃過一道人影。

「喔喔喔喔喔喔！！老婆！妳跟小杓講什麼悄悄話？我也要聽！」此時阿章看見筱言與杜析杓咬起耳朵，一下子打翻醋缸子。

「就是悄悄話，不給你聽。」

「我不管，妳快說。」

「不要，我現在懷孕你敢逼我？小心你女兒討厭你喔。」

「嗳嗳嗳……怎麼這樣……」

見阿章一臉大鬍子卻委屈巴巴，筱言朝老公俏皮地吐了吐舌頭，兩人不符年紀鬥嘴的場面惹得杜析杓大笑不止。

「我的天，筱言姊妳跟阿章哥真的很互補耶。」

杜析杓一邊笑，一邊用手背擦拭眼淚。

沒想到筱言聽到後卻搖搖頭，露出一抹耐人尋味的表情，手指點了點桌上的一枚甜點底板說道：

「你忘啦？『愛情不是互補缺口，而是願意完整對方』，對吧？這是我最喜歡的句子呢。」

杜析昀一聽，隨即愣住。

這是愛情金句的其中一句。

或許，所謂的愛情魔法並不是突然降臨，而是在勇敢去愛的過程中，由自己實踐的。

這股想法在杜析昀腦海中萌生，雖沒特別濃烈，卻一點一點地沁入心中……

看著杜析昀若有所思的表情，筱言笑了笑接著說：

「這間店是我們再出發的開始，所以當小昀你說在這裡找到了新的目標時，我們是真的很高興喔。」她和藹地摸著肚子，向老公投去溫柔的眼神，「而且我們在這裡又即將迎來另一個全新的人生，想想真不可思議呢。當初將店名決定為蕾米吉，還真是取對了！」

蕾米吉的拼寫法文就是魔法的意思。杜析昀眨了眨眼，緩緩垂下頭來。

見杜析昀突然安靜下來，筱言與阿章似乎感應到什麼，兩人的目光對上，露出會心的笑容，繼續手邊的工作。

休息片刻後，杜析昀收拾好茶壺，也跟著投入到備料的行列裡，將熬製好的醬料裝罐冷藏、食材一一分量裝袋。準備差不多告一段落時，最後的陽光被雲朵遮蔽，藍天不知不覺退去，轉為暮色。

之後杜析杓得知阿章還要陪筱言去做產檢，於是自告奮勇攬下收尾的工作，並催促他們快點出發。夫妻兩人在謝過杜析杓後，滿懷欣喜地驅車前往醫院。

轎車裡悠遊的古典樂飄揚，趁著紅燈，阿章溫柔地摸著老婆的肚子，一邊興奮地跟女兒打招呼：「小寶貝啊！今天有沒有乖乖？」

突然肚子微微浮動了一下，阿章激動地向老婆炫耀，「啊啊啊！她剛剛跟我打招呼了，妳有沒有感覺？」

「這麼些微的胎動你都感受得出來？」筱言狐疑地看了老公一眼。

「當然啦，這是我的小公主耶。」

見到老公盯著自己的肚子，露出疼寵的傻樣子，筱言會心一笑，接著換上憂容，「是說……留下小杓自己收店可以嗎？一段時間沒見，我看他變瘦了，而且他剛進店裡時的臉色感覺很沮喪呢。」

「唉……是啊，他這陣子都沒來，我就在想應該是遇到了什麼事。但他自己不說，我們也不好意思問。」

「嗯，也是啦。」

阿章拍拍老婆小巧的手，安慰道：「不過妳也別太擔心～我想就算小杓遇到什麼事，他一定可以克服的。我們蕾米吉可是『重新開始』的魔法店喔。」

「重新開始的魔法店嗎？聽上去好像很不錯。」

「當然不錯，別忘了，重新開始可是妳說的～我們呢，要相信他能扭轉乾坤。」

聞言，筱言只是點點頭沒有接話，她撫著孕肚，嘴含幸福的微笑。

即便婚姻歷經一番風雨，但她有幸重新開始，並收穫了雙倍的幸福。

她多希望這份奇蹟魔法，能降臨在杜析枃身上。她衷心這麼祈禱著。

◆

目送筱言他們駕車離開後，黑夜正式染濁了整座城市，杜析枃順手開啟了門前的照明燈，折回店內開始打掃。

少了兩人拌嘴的聲音，烘焙室頓時加倍空曠。杜析枃挽起袖子靜靜地清洗器具、補耗材，還貼心地除去冰箱的結霜。

不過這整個過程中，杜析枃的視線時不時就落在放置調味粉的儲物櫃上。

味覺倒錯。

在剛剛與阿章的對話中，杜析枃總覺得對這詞莫名耳熟，於是有個猜想便在他腦中逐漸生成，隨著對話的推進越來越深入，這股猜想的輪廓也越來越具體。

等一切收拾妥當後，他緩步走上前打開櫃子。櫥櫃裡擺放著琳琅滿目、各式各樣的調味粉，杜析枃從中撈出幾個袋子和罐子，一一平攤在桌面。

眼前這些是蕾米吉常備的調味抹茶粉，依照不同的烘焙方式，阿章採買了六七種不同品質和口感的抹茶粉。

先前去醫院檢查味覺，進行病症衛教的時候，護理人員和他順帶解釋過味覺倒錯的症狀，不過由於當時杜析杓吃什麼都沒味道，所以不覺得自己還留有味蕾，因此也沒留意醫護人員說了什麼。直到今天和筱言、阿章的聊天時提起味覺倒錯，才隱隱勾起杜析杓就醫時的記憶。

味覺失調與味覺倒錯是很有可能重疊的病症，會不會葉堇薰其實也患有味覺倒錯而不自知呢？

杜析杓回憶起當時替葉堇薰做的生日蛋糕，就是選用抹茶口味。

仔細想想，久居荷蘭的葉堇薰從沒吃過抹茶類食品，因而從未發現自己同時也有味覺錯置是非常有可能的。

會不會是他對抹茶的味道不同於常人呢？

按捺不住這樣的猜想，杜析杓決定一試。

畢竟他與葉堇薰交換了味蕾，對方能吃出他調配的肉桂味道，那自己也一定能嚐出葉堇薰獨有的味覺！

懷著忐忑的心情，杜析杓慢慢轉開蓋子，舀了一小匙抹茶粉戰戰兢兢地送入口中。

豈知翠綠的抹茶粉送到嘴中的瞬間，一陣腥辣猛不防在舌尖炸開！

頓時滿口都是腐敗海鮮的葷腥味！！

太久沒有吃到食物的滋味，再次嚐到味道竟是如此激烈的味覺。強烈的作嘔感由腹腔狂捲而上，杜析杓趴在水槽邊狂咳不止，吐到眼淚都飆了出來。

他轉開水龍頭，急著想將口中恐怖的味道漱掉。

直到令人作嘔的味道淡去，杜析杓緊繃的神經才放鬆下來，他茫然地愣在水槽前，不敢相信自己剛剛經歷了什麼……

過了好一會兒，杜析杓強忍著胃部與舌尖的不舒適，決定試吃另一款抹茶粉看看。

果不其然，原本清香撲鼻的抹茶粉，吃進嘴裡竟再次化成令人難忍的腥味，胃液翻攪，他又一次吐得昏天暗地。

這下杜析杓徹底明白葉堇薰當年嘔吐的真相了。

原來一切都是因為味覺倒錯。

……葉堇薰不是故意騙他的。

這一刻，杜析杓呼吸紊亂，全身不由自主地顫抖，與葉堇薰過往的種種一幕幕晃現在眼前。

他與他的擁抱、與他的依偎、與他之間的吻……所有情深的告白都鮮明地浮現在腦海。

杜析杓笑了，也哭了。

淚水似成串的珍珠般一顆顆汩出眼角。

心裡釋然的同時，懊惱、悔恨與歉意也隨之而來，如一根根鋒利的針，分分秒秒紮痛杜析杓的心。

當年三十幾歲的阿章哥因難以說出自己患有味覺倒錯，而遷怒筱言姊。如今二十九歲的自己怕父母擔心，所以選擇隱瞞，那……十七歲的葉菫薰呢？

十七歲是小大人的年紀，卻也是那麼不成熟。既然成年的自己都不敢袒露出內心的恐懼，那十七歲的葉菫薰又怎麼敢輕易表露呢？

第十章

『嘟嚕嚕嘟嚕嚕——嘟嚕嚕嘟嚕嚕——您所撥的號碼沒有回應，請在嗶聲後留言。』

這不知道是杜析杓第幾次聽見語音信箱了。從蕾米吉出來後，他不斷撥打葉菫薰的電話，可都無人回應。

捷運站裡的電子板上顯示離下班列車進站還有兩分十五秒，不到三分鐘的等待，令杜析杓焦急成熱鍋上的螞蟻。他不斷在月台上來回踱步，手指煩躁地刷動與葉菫薰的對話框，決定再次撥通葉菫薰的手機。

『嘟嚕嚕嘟嚕嚕——嘟嚕嚕嘟嚕嚕——』

一樣的通話音、一樣的節奏，正當杜析杓準備放棄時，伴隨列車進站的聲響，電話那頭傳來了接通的聲響。

「葉菫薰，你在哪裡？」

對方終於接起，杜析杓劈頭就問，卻聽見電話裡的男人用厭世的口氣抱怨。

『什麼啊？原來達芙妮是你啊！我還以為是哪個金髮美女呢。』

「嗯？達芙妮？等等你是……楊子默？」

杜析杓歪著頭，過了幾秒才反應過來。

『你好啊，設計師，週末愉快嗎？』

「愉不愉快真不好說。你怎麼會接他的電話？而且你剛剛說誰是達芙妮？」

『你啊。葉堇薰這傢伙把你的電話名字設為達芙妮了。再說，我會接他電話，還不是因為你一直打。』

他還記得阿波羅與達芙妮的故事……

杜析杓眨了眨眼，深藏在心中的情愫頓時溢滿胸腔。

月台柵欄上亮起炫目的紅光，杜析杓內心也如一閃一爍的紅光般澎湃，長久以來，他總會無意識地將葉堇薰與阿波羅的形象當作投射，沒想到對方也一樣。

此刻，杜析杓顧不上被人小小揶揄，他只希望聽見葉堇薰的聲音：

「請問葉堇薰呢？能把電話轉給他嗎？」

『哎呀呀，恐怕有難度，這傢伙醉得一蹋糊塗，現在昏死中。』

說著說著，楊子默忽然開啟了視訊鏡頭，杜析杓一陣心驚。他跟著人群上車，站到角落背對乘客。

螢幕轉向間，杜析杓看見熟悉的屋中陳設，那是葉堇薰的家。接著紮著小馬尾，一身雅痞風格的人出現在眼前，而他背後有個滿臉通紅的人癱掛在沙發上，不省人事。

「他怎麼會醉成這樣？」

杜析杓忍不住皺眉。

『可能跟無法繼續負責某人的案子有關吧？誰叫他做事沒分寸。』楊子默使用第三方敘述，一副事不關己的態度，『既然那麼擔心就快過來，你知道他住哪裡吧？』

「知道。」

『知道就快來，我怕他再這樣喝下去，人生又要空白一次。』楊子默立刻回。

「又要空白一次？什麼意思？」

『哦？你居然不知道啊？聽說大學時，葉堇薰為了高中不告而別的戀人，委靡不正過一段時間喔，他還因此荒廢學業，退學又重考。』追憶起往事，楊子默故作感嘆地道，『哎呀，不知道那個戀人曉不曉得這件事，能讓校草為他低潮、為他流淚，我想那個人應該是上輩子拯救了宇宙。設計師，您說是不是？』

「唔……」杜析枃啞然。

『反正他會醉成這樣，你也有責任，所以快來交接，我可不想把寶貴的週末浪費在醉鬼身上。』楊子默說完，逕自掛上電話。

手機螢幕暗下，杜析枃的眼神也跟著黯淡下來。

他渾然不知葉堇薰的人生中也有過空白。他一直認為如此耀眼的他，生活應該是多彩豐富的，但沒想到，葉堇薰也歷經過低潮、也曾經有所失去。

楊子默的話留在杜析枃心底，凝視著捷運車窗中自己的倒影，他陷入無邊的沉思……

原來在愛情裡動彈不得的，從來就不是只有自己。

新舊記憶如浪潮般疊加在一起，他沉浸在思緒中，不知不覺，車廂開出了漆黑的隧道。

再次踏上葉菫薰家附近的車站，出口的住宅區景色與十年前相比沒有太大的變化，杜析杓沿著兩人過去並肩而行的道路，來到那扇他熟悉的門前。

幾乎是按下電鈴的同時，門就打開了。

「真慢！他剛剛突然醒來，不斷纏著我！」

楊子默搔著後腦勺抱怨，催促杜析杓進門。

「那現在呢？」

「又昏倒啦。」

一進室內，杜析杓就看見被酒瓶堆滿的客廳，還有陷入酒瓶堆中，呈現暈厥狀態的男人。只見葉菫薰身上的襯衫還未脫，連職員吊牌都還掛在脖子上，想必是昨日一下班就藉酒消愁到現在。

「他爺爺奶奶呢？」杜析杓看了眼堆放著紙箱，本該是兩位長輩的房間。

「聽說回鄉下經營民宿了。」

「喔。」

杜析杓微微點頭，接著環視屋內。

眼前櫃中的雜物散倒，洗衣籃中堆滿衣物，家中凌亂的狀態與葉菫薰嚴謹的性格大相逕庭，杜析杓莫名感到一陣心疼。

「接下來就交給你啦，希望星期一我可以看到我的組員平安出現在公司。」楊子默一邊穿上外套，一邊拍拍杜析杓的肩提醒。

語畢，他沒給杜析杓反應的時間，啪噠一聲就關門離開，留下這對讓人心急的有情人。

走出公寓，楊子默抬頭仰望天際，感覺今晚月光似乎特別皎潔，夜空萬里無雲，只有一圓明月。夜間獨有的清新空氣填滿鼻間，他不禁彎起嘴角。

他緩緩步出巷弄，走近一台白色轎車，而車主也同時降下車窗，似乎從遠處就一直關注著楊子默的行蹤。

「抱歉啊，要你特地來接我。」

楊子默吐了吐舌頭。

「不會，我剛好經過。」駕駛座上的男人無謂地聳肩。

楊子默一聽，挑了挑眉坐進副駕駛座。

「混身酒氣。」男人說道。

「不喜歡？我以為你很喜歡我喝酒。」

「是我灌的酒就喜歡。」男人揚起唇，發動引擎，「你朋友還好嗎？」

楊子默沒有答腔，只是瞄了眼散發黃光的公寓窗口。

「子默？你朋友不好？」男人又試探性地問。

「他應該沒事。我只是在想……一個人在燈火闌珊下，靜靜等待某個人回頭的日子應該很寂寞吧？」

一會兒後，楊子默才回應。

「……今天怎麼這麼有感觸？」男人頓了頓，然後露出難以察覺複雜的笑容。

「也沒什麼。」

轎車漸漸駛離，眼看葉堇薰家的燈光逐漸退為暗夜裡的一點珠黃。楊子默枕著下巴，希望這次那兩人能有個開花結果的好結局。

不過話又說回來，人們是為了擁有結果才戀愛的嗎？

他思考著，眼神不由自主地飄向身旁專心駕車的男人。

「我好像記得你家還有一瓶沒開的威士忌對吧？我能去嗎？」楊子默慵懶地問。

男人並未回答，而是瞇起了詫異的眼神，隨即在下個路口將車頭調轉成自家的方向。

見男人誠實的反應，楊子默內心忍不住莞爾。

他想……人們應該是為了相愛，而戀愛。

◆

為了把葉堇薰丟到床上，費了杜析杓一番工夫，接著他運用在廚房訓練出來的俐落手腳收拾一片狼藉的空間。折騰來折騰去，花了近一小時才打掃完畢，還原這個家本來的樣貌。

從早上幫忙備料開始，到剛剛的掃除全是體力活，杜析杓早累得不像話了。他拉了拉痠痛的肩臂，走回葉堇薰的房門口。

他倚在門框旁，凝視著床上的人。顴骨醉得紅暈暈的，酣睡得像個孩子，讓杜析杓不由得笑了。

這些年來，他偶爾會想起這裡。不過時光如流，每次回憶起的畫面也越來越模糊，模糊到他以為自己也已經淡忘了這份情感。然而，此刻他發現自己依然記得這裡的所有。

這間房間承載著他執著一心的愛情。

房間的配置仍在原位，掛在牆上的海報、過窄的立鏡、書桌上的擺飾都和以前沒有不同，唯一改變的是空氣中多了分成熟男人的賀爾蒙氣息。

杜析杓一吋一吋檢視眼前的空間，眼尖地發現書桌桌墊下夾著一條突兀的粉色緞帶。他好奇地靠近一看——

霧面的透明墊下壓著一張緞帶小卡。

似曾相識的紙卡觸動了杜析杓的心，他輕輕拉起桌墊，拾起那張卡片。

這是當年在體育館時，他屬名給葉堇薰的生日小卡。

這個發現使杜析杓疲累的身心一下子暖和起來，縱使小卡的紙張嚴重褪色，字跡也模糊不堪，但還是被主人珍惜地壓存在桌墊下。

「死心眼。」

他微聲呢喃著，伸出纖細的手指一遍又一遍輕輕撫摸著緞帶卡片。

現在的他，不會再害怕碰觸過去的那道傷痕了。

「……析……杓？」

忽然，背後傳來微弱的呼喚，杜析杓快速將卡片壓回桌墊下，而葉堇薰迷迷糊糊地睜開眼。

此刻氣氛相當微妙，確認眼前的杜析杓並非幻想，而是真人後，葉堇薰瞬間也有些發愣，不敢相信對方會出現在自己房裡。

彼此凝視了片刻，由杜析杓先打破尷尬。

「要不要喝水？」

見葉堇薰點點頭，杜析杓移動到廚房替他裝了杯溫水。雖然他背對著他，但杜析杓能感受到葉堇薰的視線始終緊盯著自己，沒有別開。

沒一會兒，他捧著溫熱的水杯回來，安撫葉堇薰喝下。

「析杓？」

葉堇薰坐在床上，抓著杜析杓捧著杯子的手，又呼喚了一次他的名字，彷彿要確認他的存在。

「你喝太多了。」

「啤酒很苦……沒有想像中好喝……」

葉堇薰望了望面前的人，回想起啤酒入口的滋味，眉頭皺成一團。

「那表示你人生還不夠苦。快喝吧。」杜析杓安慰。

「喝完你會離開嗎？」

他問得直白。

杜析杓深吸一口氣，以為自己會不知該如何答覆而閃避這個問題。

意外的，他沒有。

「暫時不會。你學長要我確認你星期一可以準時打卡。」

「……喔。」

得到對方的保證，葉堇薰訥訥點頭，緩慢喝完水後順著杜析杓的安撫躺下，但依然扣著他的手。

「還醉嗎？」杜析杓伸出細白的手指梳理他凌亂的瀏海。

「可不可以不是暫時……你不能留下來嗎？」葉堇薰答非所問地反問，語氣隱著一絲顫抖與害怕。

「你知道我為什麼來嗎？」

沉默了幾秒，杜析杓輕問。

「因為學長拜託？」葉堇薰困惑。

「不……」他搖搖頭，「其實是我想好好做個結束。我——」

我想與你說清楚。

我想跟從前的無知及誤解做了結。

杜析枃正想表明自己釐清了過去的誤會，卻被心急的葉菫薰搶先一步。

「是我不好、是我錯了！我要是知道蛋糕是你做的，我一定會說好吃！我一定會統統吃完的！我保證！！」

以為杜析枃這趟前來是要徹底拒絕自己，葉菫薰憑著殘留的醉意焦急地高喊，想要挽留這個他愛戀至深的人。

他會說點心好吃，是因為他真的覺得好吃。就算沒有味覺，但只要跟杜析枃一起吃，他總感覺能嚐出一絲絲甜味。只要是杜析枃做的甜點，他都覺得十分可口。

只要是杜析枃……

他真的不知道自己那天為什麼就吐了，也理不清自己為何沒有追上去。

可是他真的沒有騙他，從來就沒有。

到底是哪裡錯了？

他該怎麼道歉，才能再次敲開杜析枃的心門呢？

「析枃……我沒有騙你，真的沒有……」葉菫薰緊緊握著杜析枃的手，將冰涼的額頭抵在他的手背上，迷人的臉龐因痛苦扭曲，聲嘶力竭地哀訴，「我知道……老師宣布你出國的時候，我知道這樣的情況就是分手了……但我不想放棄，只要你沒說『分手』，我就不想放棄！我不想放棄你……析枃……」

滾燙的淚水滑過手背，滴落到被單上。

葉堇薰無助的祈求，以及他嘶啞的哭聲使杜析枃喉間一陣哽咽。他緩緩拉起葉堇薰的手蹭在自己臉頰旁，流著淚失聲笑了。

「析枃……」耳邊隱約傳來笑聲，葉堇薰帶著疑惑慢慢抬頭，顫抖的琥珀色的眼眸盯著對方深邃的眼珠。

「薰，你知道味覺錯置嗎？」

見葉堇薰微微搖頭，杜析枃咧開嘴角，露出哭笑不得的苦笑，「我就知道……」

他細細說出發現味覺錯置的經過，並懺悔自己當年的膽小，只知道選擇逃避。

「是我、是我的錯才對。是我太脆弱……如果不是我選擇逃走，也許……也許我們就不會分開這麼久了……」

他泣訴著，要是他沒有逃離，他便可以和葉堇薰一起發現問題，一起度過障礙。是他一味地沉浸在失去愛情與夢想的痛苦裡過了頭，看不見別人的傷痕，給珍惜的人帶來傷害。

這份斷裂的感情中，他不是唯一的受害者。然而他只顧自己逃避，忽略了對方也身負重傷，也失去了很多。

滾燙的淚珠不斷從杜析杓的眼周滑落，這次葉堇薰感受到的不是痛心，而是滿腔的喜悅。他伸手拂去愛人的淚水說道：

「哪有誰對誰錯，只是不巧而已。」

溫柔暖情的話語融化了杜析杓的最後一片冰牆，他環住葉堇薰的頸間，頭靠著他的前額低喃，「希望我沒有錯過你太多……」

「你出現得剛剛好。」

他們的靈魂猶如在浩瀚的宇宙飄盪，如今終於觸碰到彼此的真心。

「薰……」杜析杓輕喚著對方的名，「現在抱我好不好？」

聽見杜析杓的邀請，葉堇薰驚訝地瞪大眼，霎那間，從體內湧出的悸動使他難以自持地顫抖。

他們互相凝視了許久，葉堇薰才伸出手指勾起杜析杓的下巴，輕啄那雙動情而發顫的唇，在兩瓣嫣紅上落下一連串細碎的吻。

多年來因誤會而產生的遺憾與悲傷，在這一刻於他們心中化為煙沙。

兩人唇瓣相含，鼻間呼出的氣息越發急促，溫熱的軟舌探進彼此的口中。彷彿要把這十一年的思念和眷戀都補回來，他們吻得深切，吻得纏綿悱惻。

杜析杓被吻到腦脹發暈，身軀無力地癱軟下來，任由葉堇薰吸啜自己的唇。葉堇薰的手撫上杜析杓的衣領，不一會兒，襯衫排釦全散，露出杜析杓單薄光滑的胸膛。

原本淨白的肌膚為情慾而泛紅，柔軟的乳頭接觸到冰冷的空氣，在葉堇薰的注視下曖昧立起。

葉堇薰輕笑，指尖靈巧地撥弄那對發紅挺硬的乳首。

「析杓，你的乳頭是粉紅色的。」

「就跟你說沒人的乳頭是粉紅色的了……」

葉堇薰張口咬下，舔弄、吮吸，像是杜析杓的胸口會溢出甘甜的蜜液一樣。而杜析杓前胸被濕熱感包覆，肩頭酥麻，不由得一陣抽動。

「現在是了。」

「狡辯。」

杜析杓嘴上嬌斥，目光羞澀地從葉堇薰的臉，緩緩滑向他腫脹隆起的下腹。發現戀人游移的視線，葉堇薰又深深吻了上去，一邊將杜析杓抱起，讓他跨坐在自己的身上。

此時兩人的胸口緊貼著，狂亂的心跳聲在胸腔鼓噪，分不清誰為誰而激情。

「幫我脫好嗎？」

葉堇薰將杜析杓的雙手抵在自己衣領上，曖昧低語有種令人沉醉的微醺感。聽似命令的詢問使杜析杓越感燥熱，他雙手穿過衣服下襬，十指貼著葉堇薰線條緊緻的肌理，將衣服撩起。褪去衣物的過程中，杜析杓感覺對方炙熱的性器正不斷膨脹，一想到等等自己會被那如腕口粗的物體所填滿，杜析杓忍不住嚥了嚥喉嚨，呼吸紊亂起來。

於此同時，他被拉上軟得過分的大床，瞬間成熟的男士香水氣息潮湧而上，將他團團包圍住。

自從杜析杓沒了味覺，嗅覺就變得加倍敏銳，光是聞到葉堇薰的味道，他腦袋就開始發暈。

昏暗的房裡，只有走廊上的燈光穿過門縫，提供使人無限遐想的照明。光線背著葉堇薰，勾勒出他散發情慾撩人的臉龐輪廓。

杜析杓臉紅心跳，寧靜的夜晚中，他的心跳格外擾人。

他主動伸手替葉堇薰解開束縛的褲頭，而對方溫厚的掌心也輕柔地撫弄他的腿間，直到兩人一絲不掛，葉堇薰如羽毛般的觸摸都沒停止。

他的指尖沿著杜析杓的腳背，滑過膝窩一路往上，最後停在他顫抖緊縮的穴口，時輕時重地揉捏著，且一手套弄杜析杓的分身，嘴裡舔咬著紅腫的乳頭。

快感從皮膚沁入體內，多處同時的攻勢下，杜析杓的胯間勃起，充血的前端不斷流淌出黏液，腹部很快變得濕漉。

興奮的愛液順著性器緩緩滑至臀間，濡濕了蠢動的蜜穴，使葉堇薰的手指更容易深入其中。感受到對方有力的指節往穴內探索攪動，杜析杓反射性地挺出背脊，發出一陣模糊的呻吟聲。

只見杜析杓倒在自己身下融成一灘水，惹人憐愛的喘息一聲聲侵入耳膜，葉堇薰的手指更加放肆地挑弄。雖然他下體已經緊繃到發疼，但他捨不得錯過戀人被自己套弄到迷醉的表情，他還想多欣賞一下。

但隨著杜析杓後庭一緊一縮，葉堇薰的額頭冒出滴滴汗珠，腫脹的性器已刻不容緩，迫切地想進入他。

然而，此刻葉堇薰意識到一件糟糕的事。

「慘了……我沒有套子……」

他不是個依賴性愛的人，保險套對他而言並不是必需品。更何況多年來，葉堇薰從沒抱過任何人。

只因杜析杓是他對愛情唯一的信仰。

「……我有。」

看他懊惱的表情，杜析杓紅著臉翻出皮夾，抽出一個小薄片。

見狀，葉堇薰瞬間沉默，好看的雙眼瞇成細長型，聲音涼了下來：

「你怎麼會有？」

「就……上次跟你開房時，不小心帶走的……」杜析杓唯諾解釋道，越說越小聲，「真的是穿衣服的時候不小心夾帶的……我也沒丟就是了……」

確認牌子與上次飯店的是同一款，又聽見「跟你開房」四個字，葉堇薰陰暗的眉尾再次挑起。

性器再次抵住誘人的穴口，才剛進入，幼嫩的肉壁便主動包夾上來，惹得葉堇薰悶哼一聲，短暫深吸一口氣後，胯下施力一挺，他一口氣將陽物擠進杜析杓溫暖的體腔。下體吞入駭人的炙熱，杜析杓感覺後穴比之前被填得更滿，不由得渾身顫慄。他抬起臀部，迎合著猛烈的撞擊。葉堇薰則勁腰擺動，急緩並進，兩人激情得只剩喘息。

此時，葉堇薰敏銳地察覺，每當他緩緩抽送，杜析杓的身軀都會微微顫慄一下。這讓他眼前乍現一道閃光。

「析杓，你知道你的敏感帶嗎？」他疑惑地問道。

「敏感帶？你說……這裡？」

杜析杓哼著氣，在迷濛中比出恥骨間兩側的位置。

「不是……」葉堇薰搖搖頭，他將性器退出一節，目測了大約的位置後腰椎一沉，驟然斜頂，「我是說，這、裡。」

霎時，杜析杓的大腿根猛力抽搐，那感覺與前列腺或性器被頂磨，那種直接刺激的快感有所不同！

「果然，你這裡也很有感覺。」

葉堇薰舔咬下唇，對自己的新發現相當興奮。接下來的抽插中，他難以克制地不停逗弄那處敏感點。全新的刺激讓杜析杓昏頭轉向，腰間麻痺痠軟，瞬間有股解放的熱感聚集至下腹，存有的理智迫使他趕在釋放前一把推開葉堇薰。

「不！不行了！」

他翻下床逃往浴室。不過剛踏進門，他便被後者追上，下一秒他單腳被猛然抬起，硬挺的柱狀物從他後庭力頂而上。

隨即一陣啪、啪、啪、啪……肉體相撞的淫靡聲肆無忌憚地傳來，浴室內響徹回音，讓他們軀體交合的聲音聽起來更加激烈。

慾火在體內流動，竄進四肢百骸。杜析杓腿腳發軟，雙手只能用力攀著葉堇薰的大腿尋求平衡，可此舉卻讓兩人越加緊密，後者抽插的頻率也越來越快。

「啊、啊……啊啊啊……等等、拜託等一下！葉──啊啊啊──！」

瞬間，一道水柱由杜析杓的下身前端噴湧而出，可葉堇薰的攻勢並未停歇。杜析杓敏感的性器隨著葉堇薰侵入的撞擊，上下不斷劇烈晃動，淫液濺灑，四周濕漉不堪。

強烈的高潮感襲來，使杜析杓體腔內肉壁持續緊縮，葉堇薰感覺自己的性器越抽插，越被吸絞到對方體內更深的位置。攀頂快感由腹部蔓延到全身，他急速擺動腹肌結實的腰幹，不斷將性器往杜析杓紅腫濕潤的蜜穴裡送。

葉堇薰扳開杜析杓呻吟的嘴，用舌尖勾取他柔嫩的軟舌，不停舔吮、咬含著，同時在他狹窄熱滑的體內，釋放出自己灼熱的慾望。

大波大波的精液射入下腹，杜析杓打顫起來，隨著性器拔出，滾燙的體液洩出穴口，流淌而下，染白了杜析杓發麻的雙腿。兩人癱坐在地，徹底濕黏一片。

「析杓，你好可愛。」

葉菫薰摟著愛人酥軟的脖子，薄唇貼在他發燙的耳邊呢喃告白。

「一個男人……被……被搞到失禁……到底哪裡可愛了？」

面對眼前淹水的慘局，杜析杓眼瞼含著淚，又是屈辱又是羞怯地哭訴道。

「那是潮吹，析杓。」

葉菫薰扣住杜析杓的手背輕輕一吻。

「還不都一樣。」

「不一樣，聽說男性的潮吹液是可以因高潮不斷釋放的。」

「怎麼可能……這種事……」

「我們可以驗證看看。」

「不要我不要！葉菫薰我不要！你敢、你、你、咿……咿……啊……」

不等懷裡人說完，葉菫薰下腹從杜析杓的臀瓣一頂，將陰莖刺入那早已成為他形狀的穴口。

他舔舐著愛人白皙的後頸，一手蠻橫地圈住杜析杓的纖腰，不斷按摩他恥骨之間敏感的肌膚。另一隻手的手指則跟著性器，擠入濕滑軟嫩的穴內。

他的指間在他體內攪弄，來回揉壓那處由他發現的新按鈕。

杜析杓無力推拒，只剩張嘴呼氣的份。

「不要弄了……要、要不行了……」

「我想看，析杓。」

他以低啞魅惑的聲音向他撒嬌，進攻的力道卻一絲未減。

「剛……剛看過了……」

「拜託，再一次。」

他在他耳際哀求，入侵的手指依然強勢。

「不要……」

杜析杓的理智抗拒著，但戀愛腦卻一蹋糊塗。

天啊！這一刻他才發現，自己與葉堇薰的底氣竟如此懸殊。自己明明也是扛得起一口高湯鍋的人，沒想到在愛人面前，竟毫無反駁之力。可想而知，杜析杓的抗議無效，沒有多餘的力氣反抗。愉悅的暈眩使他整個人癱躺在葉堇薰胸膛，任其宰割。

脆弱的肉壁被肆意撥弄，發出淫穢的水聲。情慾在體內竄動，沒多久，失控的水聲與曖昧的嬌喘再次在浴室內蕩漾。

而這場令人陷入瘋迷的性愛，非但未因杜析杓的求饒而停止，反之，他每次如糖漿般甜膩的哀求聲加速分化葉堇薰的理智，將自己從一波難耐的快感推向另一波未知的高潮。

快感似乎永無止盡。杜析杓體內被挑逗得又麻又熱，腹腔肌肉猛烈顫抖，一下比一下劇烈，摩擦發腫的蜜穴緊緊纏住葉堇薰的分身。

而後者汗水淋漓，全身肌肉泛起慾念的褐紅，下腹戳刺的動作愈來愈重，隨著杜析杓一聲失神的呻吟，貫穿他體內的慾望抖動，釋放出激情的愛液。

感受到體內前所未有的滾燙，一股甜蜜與滿足的感覺盈滿杜析杓的心口，跨越鴻溝的愛情顯得彌足珍貴。他緩緩抬頭，仰望著葉堇薰，想將這份心情傳遞給他。

看見懷中的愛人粉唇微張，葉堇薰不由分說地低頭吻上。

兩人貝齒輕磨，舌尖交纏，彼此深吻難捨。

雖然沒了味覺，不過透過綿密不斷的吻，杜析杓似乎嚐到了一點點甜，是獨屬於葉堇薰的味道。

那令他心魂眷戀的味道。

尾聲

筆尖點擊平板的細微聲響傳入耳裡，葉堇薰從柔軟的羊毛被中緩緩甦醒，朦朧中看見杜析枸正坐在他的書桌前埋首執筆，認真地不知道在畫什麼。

清透的晨風由窗縫拂進，紗簾一揚一落，襯托出杜析枸文靜秀氣的側臉。葉堇薰的視線跟著他的側顏起伏，一路從髮梢流過鼻尖、下顎、細頸……

此刻眼前的他，與初次見面時一樣。

轉學的第一日，站在講臺上放眼望去，所有人的眼睛都盯著他打量時，只有杜析枸一人伏首於自己的世界，葉堇薰的目光當下就被那認真的小腦袋所吸引。

他的男孩從來都沒變。

有點自我、有點倔強、有點膽小，還有一點點可愛。

唔……更正。

是非常可愛。

過往浮現腦海，葉堇薰不禁暗笑，伸手勾住杜析枸的手臂。

「在做什麼？」

「啊！抱歉，吵到你了？」

發現身旁的動靜，杜析杓停下手邊的動作，取下耳機。

「沒有，只是醒了。」葉堇薰撐起上身，望向桌上的平板。

床上男人的嗓音在晨間顯得有些微啞，赤裸結實的半身增添了幾分慵懶曖昧的氣息。徹夜忘情迷離的場景回放在眼前，杜析杓心跳不已，趕緊捧起平板介紹起來，掩飾自己的羞澀。

「不是要比稿嗎？我在畫新的設計稿。」

「你願意比稿？」

聽見戀人的發言，葉堇薰整個人坐起來。

「我……我上次只是氣話……讓你難做事了，對不起。」

杜析杓垂下肩膀，語氣充滿歉意，但葉堇薰哪會介意呢。

「謝謝你，析杓。」

「那你要公私分明，不可以再亂來了。不然你學長又要怪我。」

「我保證。」葉堇薰微微傾身，輕吻上杜析杓的指尖，舉手投足盡是溫柔，「這次的想法是？」

「空白。」杜析杓想了想。

「空白？」

杜析杓笑了一下，補充道：「這是上次我們一起去看展衍生的感想。還記得湖面的荷花嗎？」

「當然記得。你說……因為有湖面的空白，角落的花朵才顯得更美。」

「沒錯……要是湖面都開滿花，就看不出哪一朵最美了。」杜析杓點頭，繼續說，「所以我發現，包裝不僅要把甜點的色與香芬都包起來，過多的設計在無形中也佔走了消費者的感知，大家沒辦法第一眼就體驗到甜點本身的魅力，有點可惜。所以這次的比稿，我打算使用全白的紙盒。」

「全白嗎？」

葉菫薰歪頭。

「嗯。雖然捨棄顏色，換成素白，但也不是全無設計啦。」杜析杓一邊秀出視窗畫面，一邊解說，「我安排紙盒四周可以用細小的孔洞排成蛋糕花紋什麼的，讓店員一眼就能分辨盒裝的種類之外，消費者也可以在打開包裝之前聞到甜點的香氣，讓甜點呈現本來最吸引人的樣貌。」

自從味覺失調後，杜析杓就發現自己的嗅覺變得比以往靈敏，進而體會到人的五感裡視覺、聽覺、嗅覺、味覺和觸覺擁有微妙平衡，要是其中一方失去了感知，那必定會有另一種感官加倍敏銳。

食物講求色香味俱全。同理，沒了外在包裝視覺的剝奪，人們就更能專注在甜點本身的香氣及味道。

「讓客戶聞到香氣的想法蠻特別的，而且很多國際大廠都是素面包裝，不過白色有些通俗，可能要再思考一下。」葉堇薰說。

「現在只是初步的發想啦，之後當然還會做調整。」

「很期待之後的成稿。」

「敬請期待。」杜析枸展現自信的微笑。

「嗯……還有你這裡……還好嗎？」

葉堇薰擔憂地比了比嘴唇，杜析枸馬上心領神會。

「還可以，是說最近我也在學習感受另一種吃飯的樂趣，比如，更細細品味食物的口感，而不是著重味道，算是山不轉路轉吧。」

杜析枸表情平淡，沒有太大的起伏。他已經決定要好好生活，從新開始，他只是失去其中一種感官而已，並非絕望，不能被自己的恐懼限制住腳步。

聽著對方的答案，葉堇薰勾起雙唇換上欣慰的表情，從被窩裡滑出來，順勢在杜析枸額頭上印下一吻。

「那我先去沖澡，然後再一起吃早餐吧。」

在充足的陽光下看見葉堇薰一絲不掛的下半身，畫面太過衝擊，杜析枸的兩顆眼球慌張得無處安放。

「啊——！那個……」

「怎麼了？」

「我醒來時先借用了浴室，如果有東西沒放好，先跟你說抱歉。」杜析杓叫住他，一臉過意不去地說。

良好的教養使杜析杓十分在意這種小事，也讓葉堇薰感到相當可愛，他擺擺手表示不介意，隨後退出房門。

一進入浴室，葉堇薰就明顯感受到他人使用過的痕跡，不過哪有人會因為戀人在自己家沐浴而生氣呢？

聽見啪噠的關門聲，杜析杓才終於能將注意力從葉堇薰的裸體轉回設計稿上。

好熱，超熱！

他搧了搧發燙的臉頰，小小喘著氣。

就在杜析杓加速的心跳稍稍平息的時候，浴室門啪噠一聲，又開啟了。

「析杓。」

葉堇薰在門口喚道。

「嗯？」

「我忘了拿浴巾，可以幫我拿嗎？掛在門後藍色的那條。」

「喔。」杜析杓起身將浴巾遞進浴室內，「拿去。」

「謝謝。」

淋浴間的蒸氣香氛撲鼻，杜析枸內心的公鹿亂撞。明明昨夜才發生過更令人心跳狂亂的事，怎麼只是看男人洗澡就燥熱不已呢？

杜析枸轉身拍拍臉頰，回到書桌前緩和發暈的心緒，正當他重新專注在稿子上時，浴室門啪噠一響，又開了。葉菫薰再次發出求救訊號。

「析枸，牙膏沒了，能替我拿新的嗎？在廚房的置物櫃裡面。」

「喔……好。」杜析枸仍記得葉菫薰家中的陳列，他熟門熟路地打開置物櫃，並順手拆封後交到門縫裡。

「謝謝。」

然而不到五分鐘，浴室門又啪噠一聲打開。這次葉菫薰說刮鬍刀沒電了，要電池，杜析枸也乖乖地上交電池。

就在浴室門啪噠一聲，第四次打開時，葉菫薰驚訝地發現杜析枸已經站在門口。

「這次又要拿什麼？」他沒好氣地盯著他。

「呃……沒有……我洗好了。」葉菫薰尷尬地把水龍頭關上，圍著浴巾走出來，看杜析枸穿戴整齊準備離開，他壓住焦慮問道，「你要回去了？不是要一起吃早餐嗎？」

「邱比特先生昨天沒吃晚飯。」

正確來說是沒吃「好」的晚飯。

雖說乾糧槽會定時投餵，但沒有進獻罐罐仍讓杜析枸過意不去。

聽說是喵皇餓肚子，葉堇薰也不敢說什麼，只好回到角落默默擦頭，模樣有些可憐。

杜析枃見狀有些心疼，但他也捨不得家裡的毛孩。

他埋頭收拾背包，這時一雙手臂由後方抱上來，葉堇薰將臉貼在他纖細的後頸，依依不捨問：

「析枃……今天讓邱比特體驗一次早午餐好不好？我想再抱你一下……」

身後的人剛沐浴完，透過衣服仍可感覺到對方肌膚燙人的溫度，還有臀後那抵住自己，逐漸發脹的硬物。

杜析枃一下紅了臉，推開葉堇薰。

「兩分鐘。」他說。

「什麼？」葉堇薰不解。

「要是你兩分鐘能準備好，就一起回家餵邱比特。」

起先，葉堇薰遭到推拒還有些難過，可聽見戀人的發言，他立刻露出燦爛的笑容。

「我馬上好！」

他快手套進衣物，深怕多浪費半秒。

況且，他不介意下一場擁抱多一位貓咪觀眾。

◆

傳遞甜蜜香氣的設計發想擄獲了藍法總公司的評委們，比稿結果大獲成功。

杜析枸順利與藍法甜時簽訂專屬合約，甚至連副牌巧克力專賣店的設計也一併委託他製作。合約正式發下來的同個月，杜析枸也升格為主管。

新的一年開始，一切都在往好的方向發展。

氣溫逐漸回暖，純白的綿雲悠遊飄散於藍空。和煦陽光灑落，使平凡無奇的小巷弄顯得光彩金耀。

杜析枸走在通往蕾米吉的道路上，心情特別雀躍。

「你真的只要吃蛋糕就好？」

葉菫薰俊秀的眉宇微蹙，像是初次做菜的新手詢問試吃者的感想一樣。

「你幹嘛一直問啊？」

從他提議去蕾米吉吃蛋糕慶祝晉升之後，葉菫薰就不斷重複的問題讓杜析枸不耐煩。

「我想既然是慶祝，應該要給你更好的……像是旅行，或是挑一個比較有紀念性的禮物……」

葉菫薰滿心想給杜析枸好的、特別的，但又怕自己選物的眼光不合戀人的心意，幾經猶豫後，還是問了杜析枸想要什麼，誰知他說只想吃蕾米吉的蛋糕。

葉菫薰歪了歪脖子，只見他眉梢凝結、緊抿薄唇，模樣是那麼小心翼翼。

杜析杓深深理解這種心情。

過去他也有過這種不知所措的徬徨，明明很想給對方喜歡的事物，卻又擔心自己拿出來的不夠好。

「吃不出味道是有點遺憾，不過正因為是要慶祝這麼重要的事，我才會選蕾米吉。那家店對我來說是意義非凡。」杜析杓牽起葉董薰的手，朝他綻開一抹無比美好的笑容，「那是我重生的地方，然後再度和你相遇。」

他的手指緊緊扣住對方的指間，讓體溫逐漸相融成彼此的溫度。

杜析杓的話，使葉董薰眉宇舒展，揚起如少年般漾彩的笑容，神情也開朗起來。他回憶起高中時，期待吃到杜析杓手做甜點時的心情。

不為甜點的用料有多高級，只因那是喜歡的人親手做的，意義無限。

兩人順著甜點的香氣來到蕾米吉，默契極佳地一起點了巧克力海鹽蛋糕。和筱言與肚子裡的寶寶打過招呼後，杜析杓端著蛋糕，領著葉董薰主動來到室外的座位。

「怎麼不坐裡面？外面還涼涼的。」

葉董薰看了眼店內的空位，有些納悶。

「我想說你會抽菸嘛。」杜析杓拉開椅子，敲了敲菸灰缸，發出清脆的響聲。

「你怎麼知道？」

聽杜析杓說完，葉董薰形狀優美的唇線彎出一抹詫異。

他戒菸好一陣子了。

「你喝醉的那晚，我幫你收拾家裡的時候，看見陽台放著菸灰缸。別跟我說那是拿來餵小鳥的喔。」

「喔……原來如此。」葉董薰點點頭。

其實發現葉董薰家有菸灰缸的時候，杜析杓心中不免有些衝擊。他記憶裡的葉董薰依然停留在一身高校制服的樣子，青春正好，即使後來見慣了他西裝筆挺的模樣，也從未將他與大人世界中的菸味搭在一起。

體認到時間流逝的瞬間，杜析杓還是有些惆悵的。

「我不是反對啦，那是你的自由，但是希望可以節制適量。」

畢竟抽菸有損健康，只是彼此都是成年人，杜析杓不想干涉太多，於是補充說明。

「謝謝你關心。」葉董薰呼了聲口哨。「但你還真的猜對了，那菸灰缸真的是拿來餵小鳥的，我每天會在裡面放一把米。」

「特地買菸灰缸餵小鳥？」他才不相信呢。

「我最近戒菸了，已經好幾個月沒碰了。」葉董薰坦誠相告，拉開椅子在對面坐下。

「戒菸是這麼容易的事嗎？」

杜析杓感到驚訝，他周圍的人都沒人成功戒除菸癮過。自家老爸嚷嚷著戒菸三十年，還不是會偷偷抽一口，過過癮。

「不是戒菸容易，是必須戒了。我現在保管著珍惜的人非常重要的味蕾，在換回去之前必須好好愛護。」

「也不用那麼認真吧？也許根本換不回來。」

聽到葉堇薰又是明喻又是暗喻的告白，杜析杓藉著吐槽的話來掩飾激動的心跳。

「對你的事，我一向都很認真。味覺能不能換回來是天決定，但是對你多認真我可以自己決定。」

「……噢……那……謝謝你喔。」

杜析杓害羞得結巴，不知所措，只好埋頭吃起蛋糕。

他忽然間理解了阿章哥那日的感慨——味覺失調或許是上天給我們的禮物也不一定。

杜析杓悄悄抬頭，偷瞄葉堇薰氣質俊雅的面容，名為幸福的暖意自胸腔蔓延開來。

他失去了味覺，但重獲了最真摯的情感。

兩人沉靜下來沒再接話，沐浴在微風中享受蛋糕，一邊品嘗融化在心中的甜味。

吃著吃著，倏地杜析杓一聲驚呼，驚動了葉堇薰。

「怎麼了？」

他皺起眉頭，但語調溫柔。

只見杜析杓用叉子掀起剩下的半塊蛋糕，「嗳！這是……」

蛋糕底紙上的愛情箴言整句映入眼簾——

話！

『思慕的月桂皇冠加冕於你』

杜析枸眨了眨眼，想起與葉菫薰重逢的當天，自己吃的水果派底板上，印的就是這句話！

由於他並沒有編寫過這句話，本想隔天跟印刷廠確認是否是印刷疏失，不過之後發生了太多不可思議，害他完全忘了這件事。

不過……思慕的月桂皇冠……？

……月桂皇冠……

杜析枸在心底喃喃自語，視線不自覺對上葉菫薰那雙顯露擔憂的琥珀色棕眸。

神話裡，阿波羅頭戴月桂皇冠，象徵光明，是眾神之中最多才俊美的神祇，而他一直視葉菫薰為阿波羅。

會是某種巧合嗎？

「你沒事吧？是吃到什麼了？」

發現戀人的表情不自然地定格，葉菫薰面露疑惑。

「嗯嗯嗯，沒事。」杜析枸趕忙搖頭，用叉子比了一下蛋糕紙，「只是我拿到跟上次一樣的句子，覺得很巧而已。」

「真巧，你也是？我這次拿到的也跟上次的一樣。」

「你也一樣？」

「嗯，我本來以為我們這段感情應該到盡頭了，不過我看見了這句話，才想再試一次看看……還好我試了。」葉菫薰瞇起眼，悠悠說道。

記憶回溯到某個夏日的夜晚，他與同事執行別店考察時偶然經過這條巷弄，無意間發現了在蕾米吉裡忙進忙出的杜析杓。

他瞬時激動得想上前相認，卻終究不敢踏出那一步，因為想到事隔多年，也許杜析杓已經擁有了其他生活……也或許他早已有人陪伴……

人事已非，他不該貿然打擾他。

在種種顧慮之下，葉菫薰壓抑住自己澎湃的心意，拚命說服自己默默守護也很好。直到他第一次憑自己的意志買下水果派，得到這句愛情箴言，他才決定跨出腳步。他實在不能忍受只當杜析杓生活裡的旁觀者。

就算失敗，他也想讓他知道，自己會永遠祝福他。

「那……你拿到的句子是什麼？」

「這句。」

葉菫薰吃下最後一口蛋糕，將自己的紙張推到戀人面前。杜析杓探出身子，頓時間驚訝地倒抽一口氣。

只見紙張上印著——

『你終等來失而復得的愛情』

杜析杓難以置信地看著紙張，呼吸一下子暫停。

他對這句金句印象深刻，這是他蒐羅愛情箴言時，唯一一句自己創寫的句子。沒想到上百句愛情箴言中，葉堇薰竟連續拿到了兩次！

有股濕潤感不知不覺盈上眼眶，杜析杓的唇微微顫抖，無法言明這份悸動。

難道世界上真的有魔法？

「等等……你說你上次吃完甜點獲得了一樣的句子，是在哪天吃的？吃了哪種？」此時葉堇薰靈光一閃，察覺事情有些巧妙。

「就我去你們公司開會那天，筱言姊給了我水果派。」

「你撞到我那天？」

「那天不是有地震嗎？所以我記得很清楚。」杜析杓點頭。

思索半晌後，葉堇薰緩緩開口道：

「雖然有些奇幻，但我猜，會不會這兩句愛情箴言才是互換味覺的關鍵？實不相瞞，那天我也來店裡買了水果派，得到一樣的句子，然後我們接吻了……」

葉堇薰說著說著，一連串的巧合使兩人不約而同陷入沉默，感覺一切開始浮出水面。

「所以……我們……現在也吃了同樣的蛋糕，這麼說，再親一次就會換回來嗎？」

杜析杓凝視著蛋糕紙，略顯猶豫。

「那要親親看嗎？現在。」葉堇薰一本正經地問。

「我——」

「析昀哥，打擾了，這是筱言姊招待的蜜柚炭焙烏龍。」正當杜析昀剛開口，青春洋溢的工讀生男孩端著熱呼呼的茶走過來，打斷了他們的談話。

「謝謝，新配的茶嗎？好香喔。」

潔淨的玻璃茶壺透映出澄黃色的茶湯，杜析昀閉眼細細品聞。

「嘿，這是我靈感爆發的傑作。」男孩輕甜一笑，接著問，「這位是析昀哥的男友嗎？很帥喔！如果以後分手了，拜託一定要介紹給我。」

雖然早習慣了男孩對誰都輕佻的個性，但戀人被稱讚還是讓杜析昀萌生小小的醋意，他一把揪住葉堇薰的衣領，看向工讀生男孩，「你放心，我一定會介紹給你！」

說完，他重重地在葉堇薰唇上印下一吻，分開時還不忘舔了一口他沾在嘴角的巧克力醬。

這一幕讓店裡店外的所有人都看呆了。

「啊！析昀哥好狡猾喔！居然用這種方式放閃，我也要叫我男友來店裡。」工讀生男孩被閃到緊急撤退，立刻狂叩男友。

可惡！他也想放閃啦！

全場最震驚的莫過於葉堇薰。

他知道杜析昀介意在外面有太過親密的舉動，牽手已經是極限，所以剛剛提議接吻也只是開玩笑罷了。

然而，杜析杓居然真的親了他。

還舔他。

葉堇薰睜著眼直地盯著杜析杓，五官很鎮定，但耳根到脖子一片紅透，出賣了他真實的情緒。

「你知道嗎？你現在像一隻煮熟的蝦子。」杜析杓湊近葉堇薰呆愣的臉龐，悄聲調侃。

「信不信回去後，會換你變成一隻撥殼的蝦子？」

沒錯，他會讓他變成一隻全身紅通通，光溜溜的蝦子。葉堇薰挑眉，忍住當場把人抓回去的衝動。

沒想到向來成熟的葉堇薰會有如此孩子氣的反駁，杜析杓捧腹笑得起勁。

此刻時空彷彿倒流回學生時代，回到那全心全意深愛彼此的時刻，這份情意猶如眼前金澄澄的茶湯般，經過長時間的溫火慢焙，沉澱出香氣。

兩人在餐桌上哄鬧，誰都沒注意到桌上的蛋糕紙隱隱閃爍著一絲彩光，隨後化作一屢晶粉，消失在充滿粉紅泡泡的空氣之中。

鬧了一會兒，杜析杓笑累了才勉強鎮定下來，含著笑意替兩人倒了熱茶。

焙香入口的瞬間，杜析杓的笑臉忽然頓了一下，明顯感覺到舌頭上一陣熱麻：

「這……不會吧？我好像……有味覺了……」他來回舔唇，又確認性地喝了一口，隨後整個人亢奮地跳起，「我喝出烏龍茶還有蜜柚的味道了！我們味覺換回來了！」

聞言，葉堇薰也跟著喝了一口茶，嘴裡果然又回到淡然無味的狀態，緩緩放下茶杯說道：「真的呢……看來恢復了。」

味覺回歸的杜析杓喜出望外，立刻灌了一大杯茶，迫不急待地想多感受蜜柚酸甜帶澀的滋味，不過喝茶的同時，他意識到自己的味覺恢復，就意味著葉堇薰吃不出味道了。

想到此，杜析杓歡騰如鼓的心跳不禁安靜下來。

葉堇薰怎麼會不知道戀人的所思所想呢？

「析杓，我很想念你為我做的甜點，下次來個柳橙薄片吧？」

葉堇薰為自己倒了第二杯茶，釋然一笑。

他並沒有失去什麼，只是回到自己最初的狀態。

他本無欲無味，卻能體驗一次世界上多彩紛呈的食物，並擁有了如夢且真的戀人。

這是他的奇蹟。

他是幸運的。

聽聞這番話，杜析杓彎起壓抑的唇角，露出恬淡的微笑：「我有你味覺的記憶了，我保證會做出你吃了也覺得香噴噴，很有味道的甜點。」

葉堇薰點點頭，隨後眼睫一眨：

「對了，那你有沒有打算再考甜點師？」

「這個嘛……目前沒有，因為工作也變忙了。」杜析杓微咬下唇，思索了一會兒，接著說，「而且我很滿意現在的工作，也很有成就感。要是真的手癢的話，我來蕾米吉打工時也可以做點心啊。再說，只要能做給你吃，我就很滿足了。」

杜析杓放下杯子，綻放出欣慰溫暖的笑顏，剔透如玉隨的眼珠散發著希望的光彩。

「我很期待。」

葉堇薰唇線微揚，低頭啜了口茶，清潤甘甜的香氣流竄鼻間，與他的氣息融為一體。

他不只期待杜析杓專為他做的甜點，也期待他們之後的每一個日子，更期待往後，他在他懷中纏綿深吻的模樣。

每一吻、每一口，都有彼此心心相印的味道。

他們就如同阿波羅與達芙妮的神話，兩人的故事在多年後迎來第二種版本的結局。

熬過十一年漫長的分離，他們懂得了相互理解、體諒及放下，不負彼此。

終於等來失而復得的愛情。

——《時而輕啄，時而深吻》完

高寶書版集團
gobooks.com.tw

FH058

時而輕啄，時而深吻

作　　者　柳孝真
繪　　者　飄緹亞
編　　輯　陳凱筠
封面設計　彭裕芳
排　　版　彭立瑋
企　　劃　方慧娟

發 行 人　朱凱蕾
出　　版　朧月書版股份有限公司
Hazy Moon Publishing Co., Ltd
地　　址　臺北市內湖區洲子街88號3樓
網　　址　www.gobooks.com.tw
電　　話　(02) 27992788
電　　郵　readers@gobooks.com.tw（讀者服務部）
傳　　真　出版部　(02) 27990909　行銷部 (02) 27993088
郵政劃撥　19394552
戶　　名　朧月書版股份有限公司
發　　行　朧月書版股份有限公司 / Print in Taiwan
初版日期　2023年2月

國家圖書館出版品預行編目(CIP)資料

時而輕啄，時而深吻 / 柳孝真著.-- 初版. -- 臺北市：朧月書版股份有限公司出版：英屬維京群島高寶國際有限公司臺灣分公司發行, 2023.02-
面；　公分. --

ISBN 978-626-7201-39-8(平裝)

863.57　　111020508

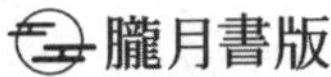
朧月書版

朧月書版